［法］
西蒙娜·德·波伏瓦
著

沈珂
译

青春手记

II

上海译文出版社

Cahiers de jeunesse

1926-1930

II

趁人不备盗取秘密，这是最卑鄙的事。

我常常会因为自己言多必失而苦恼，若有人读这些手记，

无论是谁，我永远不会原谅。

这是一种丑陋恶劣的行为。

请遵守这一提醒，尽管如此郑重其事有些可笑。

Simone de Beauvoir

发生在我身上的一切都何其重要！

——雅克·里维埃

你说你不想带给我痛苦和悲伤。
但那正是我期望从你那里得到的东西，那部分是我的。

——克洛岱尔[1]

内心的纠结，到底有什么用？……让一个生命从中摆脱出来，感动其他人，那我们是对的。

——拉缪

我痛苦，她也痛苦，没有路
在我与她之间，不说话，不牵手。

——克洛岱尔[2]

所有人反对的意见强迫那些敏感的心接受，
而菲利普在这些不可能的事中乐此不疲。

——克洛岱尔[3]

a）我的名字是地牢，关在里面的人在哭泣。我不断地忙于抬高地牢的围墙，当这堵墙一天天变高，直冲云霄的时候，我在它阴

---

[1] 《交换》（1893）。——原注
[2] 《黑暗》（1905）。——原注
[3] 《圣人散页》（1925）中的《圣菲利普》。——原注

影的黑暗里再也看不到自己真实的存在。

b) 如果我今生无缘见到你，但愿我永远不会忘却没有见到你的遗憾。让我一刻也不要忘记，让我在梦中或清醒的时候带着这种悲伤的折磨。

——泰戈尔①

不过，你不会理解这一切。我离你很远，你也离我很远。

——雅姆②

我被爱吗？我去爱吗？

我爱过吗？我不知道。

我知道我永远不会

厌倦自怨自艾。

——莫里亚克③

人的价值，是用甘愿承受痛苦的能力来衡量的。

——莱昂·布洛瓦④

……所有被爱的人

都是装着胆汁的花瓶，让人闭着眼喝下。

——波德莱尔⑤

———————

① 《吉檀迦利》（1913—1914）中第79首。——原注
② 《迎春花的葬礼》（1901）中的《哀歌三》。——原注
③ 《握手》（1909）中的《学生，离开II》。——原注
④ 《绝望的人》（1886）。——原注
⑤ 《早期诗》（1843）中的《致圣伯夫》。——原注

八月六日星期五

在卢尔德①，看着这些受病痛折磨的人，突然厌倦了学识渊博、情感细腻等种种优雅的气质。精神的苦楚与肉体的痛苦相比，算得了什么。为此，我曾感到羞愧，当时在我看来，唯有完全奉献自我、完全牺牲的生命，才是值得的。现在我觉得之前是想错了，我曾为活着而感到羞愧，但是，既然我被赋予了生命，我便有责任活着，尽可能好好地活着。拉缪的这句至理名言②为我眼中那些无谓且自私的瞬间作了道德上的辩解。是的，我理应好好培养自身的独特之处，既不辜负与生俱来的宝贵禀赋，也是出于对他人的尊重。很简单，绝对的给予，在我看来无异于道德自杀；我明白，"给予的限度便是无限度地给予"。我给予的不多，这我也知道，所以应该打消所有悠然自得的念头；而承受痛苦的能力，从不应减弱。在行动中扼杀内心的敏感和痛苦，是一种懦弱。我希望，奉献自己的同时能有所保留。并不是说，服务他人，便要消除自我意识，恰恰相反，是要使自我意识更加明晰。我们同样可以服务一切，我们的同伴也不会感到痛苦，只是灵魂无法从奉献中得到慰藉。我们肩负两种截然不

3

同的责任，而我钦佩的正是那些能两者兼顾而不顾此失彼的人。这非常困难，因为自省很容易转变成自私；而另一方面，若超脱自我，往往又会太不顾及自己，自我贬低。我告诉自己，要达到一种平衡。

人生规划由此确立，之后便要始终坚持。我努力据此规划我的整个人生，我笃信这样的规划，它完完全全适合我。这一选择能让我继续保有对其他人生态度的欣赏；没错，我可以从中汲取养分，丰富自身。但是，不能在一种或许更美好但不适合我的图景面前失去勇气；能让人有所作为的热情才有价值，否则热情只是白白耗费体力而已。服务的方式有千万种，我不必试着遵照他人的方式，坚持自己选择的方式并使之变得强大才更有价值。

确信在最形而上的意义上成为一个独立的存在，这是一件多么严肃又让人快乐的事。无论处于怎样偶然的境遇中，发挥能力，发表观点，表达幸福、痛苦或对他人的爱，这都是有意义的。彻底领悟之后，我找到了平衡，而只有这样，我完全意识到了自我，也完全掌控住了自我。

然而，这是我的人生哲学，并不是我的生活本身……

其实，在我过好生活的每一天，而不是把它上升到形而上的层面时，我应该完全相信在思考中发掘的这些真相。继而鼓起勇气，付诸行动。我应该非常坚定，即便受到指责，也不要怀疑自己。试着让自己更容易被别人理解？我也想这样，可我害怕，这样做的代价是不断地妥协；而且，当我们去扮演一个人物的时候，那自己还剩下什么呢？可以试试，到时再看。不过现在我完全不渴望别人理解我、欣赏我、同情我，甚至认识我；这就是我的一张王牌。况且在这里①，我可以充分享受孤独与自由，好让自己在为别人服务了几小时后歇一歇。更重要的是，我不孤单，我相信我不是孤零零一个人。

同为精神折磨，因害怕失去已获得的或期待中的幸福而痛苦，与超越幸福、蔑视、拒绝一切快乐而备受煎熬，这两者到底有什么区别？我是对的，幸福是一种很危险的东西，很容易让人沉沦，人们会慢慢认为幸福本身即目的、存在的中心，（最终）忽略了其他一切。阿莉莎，阿莉莎②，我佩服你的勇气！我未曾像你这般说"不"，但我若能知道世间有些东西更为重要，并能接受它们该多好，若我一开始珍视的便是这些东西该多好。不过，还是那么甜蜜……

八月七日

那些悲伤的至暗时刻！我已经忘却，现在我要理性地思考我的生活，这让人无法平静的清晨。说起来，无论用怎样的方式，我都无法把它唤回，而当我拥有这样的生活时，它便成了我唯一的真实！

> ……这些事情如千斤重担般压在我身上，甚至让我无法交托。③

> ——克洛岱尔

① 指梅里尼亚克。——原注
② 纪德《窄门》（1909）中的女主人公。——原注
③ 《圣人散页》中的《圣德肋撒》。——原注

唉！直面现实的是灵魂！这也是为何一旦保持清醒的头脑必然会遭受巨大的痛苦；无用的痛苦，因为这样的痛苦与日常生活无关。佩吉[①]说："这，正是地狱"，无济于事的痛苦；因此我想方设法希望使痛苦有用——妄想！写一本书？我没这个精力，而且，人内心最隐秘的角落是不会在作品中被揭开的。谈一场恋爱？即便这样做，不同的灵魂也无法相遇，灵魂处于因此产生的痛苦中，日复一日的悲伤，甚至更为沉重的苦痛中，无法得到慰藉。但这就是那个纯粹的、不能言说的"我"，倘若连当下的自己也无法理解那个"我"，那"我"与另一个人之间又如何产生共情呢？我会说，正如我对自己说的那样："我很痛苦。"而后呢？哦！莫里亚克的话[②]说得不错，从某种意义上说，他的话是如此的真实，甚至有点形而上的意味；孤独是人的本质，甚至也是一个人经历的所有时刻的本质。

　　正因此，灵魂在生活中找到了栖居之所，不是外在的生活，而是……另一种形态的生活。正是在这第二种形态中，我曾抵达了深处，我一度以为自己又找到了绝对的生活。但今早，我发现我错了，我又如从前，尝到了泪水的味道。我痛恨一切让我上当受骗的东西，而这个最甚，因为它骗得我最苦。谁曾会想到，一个眼神，一抹微笑，就足以让我忘记那些令人无法平静的时刻。生命是如此宏大和贵重，而我的灵魂，它的起伏却仅仅因为一些微不足道的小事。

　　可我还是想弄明白，区分两种形态的生活是不是自寻烦恼。我

---

① 夏尔·佩吉 (Charles Péguy, 1873—1914)，一译贝玑，法国诗人、哲学家，诗作有《第二种德行的神秘门》(1912)、《夏娃》(1913) 等。
② "接受孤独，这是屈从于生活"，引自莫里亚克的第一本诗集《握手》中的《学生，离开 II》。——原注

生活在第二种形态中，那便不能对第一种形态作出正确的判断。人格的两重性，太奇怪了，这种两重性并不是时间先后上的，而是深度上的。总之，一种生活呈现在绝对中，而另一种呈现在相对中——在绝对中，人呈现出他的整体、赤身裸体、平淡无趣（保尔·瓦莱里）；在相对中，人只能用无数的外部因素来填充自己、抓住自己：行动、激情。若用冷静、思辨的目光审视一下，第一种形态貌似非常荒谬，但一定要经历！但是，看似我们给予他人的一切都会被糟蹋。这一冲突并不是臆想出来的，我愿用自己的智慧去处理。我若把我的想法告诉另一个人，前提是他不会把我当成疯子，那么他只会在头脑里想一下我说的话。因此，只有自身经历才有价值，别人的经历不能等同于我的经历。

那些大大小小的烦恼在这个痛苦的问题面前，不值一提。不过，能对自己说，无论付出怎样的代价，至少自己总能保有一些别人绝对难以识透的东西，也能得到稍许安慰，尽管他们并不愿意尊重我余下的秘密……然而，即使最表面的那部分，若我感到不断地被侵犯，也会非常痛苦；若有人表达对它的爱，我又会觉得很惋惜。你说得对，巴雷斯[①]，一种情感，一种思想，一旦被外来之手触碰，便会失去价值——无论这双手有多么金贵。

我试着让自己上当受骗。若我把自己的生活都记录在这页纸上，它会不会变得更有用处？逝去的一分一秒业已逝去。即使我把所有死去的"我"做成木乃伊，那又有什么用？有什么用？况且，我已经试过了，不可能做到。只有冷静地分析、智性地思考，对我才是有用的；那情感、信心、生命，有什么用呢？没有用，的确没有一点用处。而且，我内心的纠结，我甚至难以启齿，不会流于笔

---

① 莫里斯·巴雷斯（Maurice Barrès, 1862—1923），法国小说家、散文家、政治家。

端，也担心文字会扭曲了它们。尤其是绝对的无用性，因为思考与冥想对纯粹的情感无益。那又为什么写呢？为了让我确信自己每一天都活着；为了让我更加坚定地相信，只有我自己才认识的我内心的那个人活着。这同时也是一种思维的训练，在那些我有勇气思考的日子里。

以我今日的心境去体味去年所有的不安与骚动，真是一件奇妙的事情。我陶醉于智性的思考中！我也许不会再这样如痴如醉。我对哲学如此无动于衷！我的大脑再也不会运转，却听到一些急切的声音。

八月九日

这一年，我是不是已经对自己的灵魂做了全面的审视，内心的一切是不是已经没什么再能激发我的兴趣？这样的无动于衷、极大的厌恶，是一种自然而然的厌倦还是说明我已经无可救药地向平庸沦落？人正是在孤独中彰显他的价值。

> 然而，昨日，我离开了，带着满满的陶醉，
> 我的心灵会得到抚慰，这是不是一种妄想？
>
> 妄想，一个贴心又虚假的朋友，
> 哦不！难道不是吗？难道不是这样吗？
>
> ——魏尔伦①

---

① 《好歌》(1870)。手记里的引文大多数都是西蒙娜·德·波伏瓦凭记忆写下的，有些地方不甚准确，但我们还是遵照她的原文。——原注

八月十二日

我精神上很疲乏。这些天由于酷暑、热浪，身体上也似有千斤重担压着。但今天我太高兴了，我又恢复了清醒的头脑，内心涌动着无尽的暖流。我不会拒绝这样的愉悦。或许不是一种幻想，即使是我弄错了，又有什么要紧的？因为害怕走得越远越痛苦而停滞不前，那多么怯懦；我会承受，承受一切，我会变得很坚强。而且我有这样的信心！

显然，当我运用理智静静地思考的时候，我会有疑惑。不过也有一些时刻……很奇怪，我内心有两种存在：一种沉着冷静，能够下判断，总能控制好自己；另一种完全无厘头，荒谬可笑，我肯定喜欢第一种！说起来，在有些方面，别人很难懂我，而且我的想法和大部分人都不同，但在这一点上，我跟所有人都一样。

通过思考被认知的事物与感受到的事物是不同的。过去有时会变得异常当下，由此会让人产生幻觉：我的手再伸得长一些，便能触碰到我在想着的那样东西。回忆甚至会比现实更让人痛心。也许在温暖的回忆中往往夹杂着一丝遗憾，对逝去时光的遗憾。还因为我们有时间慢慢地细数、品味每一件小事。尤其是追溯往事，完全属于自己内心，不受外界的纷纷扰扰影响。过去一年的这些回忆，对我来说已经足够了。对未来不抱任何希望，没有任何梦想，过去发生的一切，我已经受够了。再也不要发生！但这些都曾发生过。

我不相信，这样的事以后再也不会发生。唉！有很多其他事情，我想让它们持续得更久一些。今年的手记①里，到处弥漫着这

---

① 指手记的第一卷，已经遗失。——原注

样的焦虑：经历的每分每秒都会永远地逝去。我甚至为不再感叹时间的流逝而内疚不已。但是，我那时候哭，正是因为我知道自己今天不会再哭。生命，便是处于不断的往复循环中，这也是我始终难以习以为常的；我大错特错了，因为我以为自己退化了，我对自己失去了信心，但事实上，我正自然而然地发展着。与此同时，我耗尽心力，继续做着那些一去不复返的事，而不是勇敢地尝试新事物。因为旧时的那些情绪，我体会到了它们的价值。首先，这一价值很大程度上是因为情绪本身对我而言是新鲜的；其次，若是我完全任由心境像现在这般起伏，谁说我将永远发现不了如此巨大的一笔财富？我记得科克托曾发表过他对名作和直线美学的看法[1]，他的论述可以原封不动地移植到精神生活中。

当然，我想说的并不是遗忘，更不是抱着一种死灰一般的记忆，而是应该下定决心，让有用的东西在内心焕发生机。始终对一切忠诚，似乎需要极大的宽容，忠诚这个罪魁祸首。不应沉醉于昨日的那个我，而应更爱明日的那个我。

> 内心这位手足，你还未曾成为……
>
> ——亨利·德·雷尼埃[2]

我知道，这看起来像是要放弃前行，只是手里抓着更多的财富，但短暂的停留无济于事。

没错，我有过更兴奋、更激动的时刻，内心更为充盈的时刻，

---

[1] 《波多马克》（1919），以及随笔《秩序的召回》（1926），参见《关于一种被认为无政府的秩序》一章。——原注

[2] 引自法国后期象征主义诗人亨利·德·雷尼埃（Henri de Régnier, 1864—1936）的《这便是在梦中》（1892）中《受引诱的手》。引文正是全诗的最后一句。——原注

但那些时刻似乎更是遵循了某种节奏规律。关键是，整体的水平其实都提高了，若再想达到新的平均值，就必然会高出原先的那个均值。收获热情、赞叹，当然非常好，但更难能可贵的是，不计结果地继续付出努力。这并不会妨碍激发新的冲动，甚至会比之前更高涨。但也不应该因为原先不及现在那么激情四射而感到懊恼。所以，彻底永别了，过去美好的一年，我的存在已经进入一个新阶段①。过去的一年为我带来了宝贵的财富，我会好好珍藏，而留给过去这一年的，则是完全有别于财富的、更为美好的东西，永别了。

我不应享受快乐，我要服务他人。明明享受快乐更合理，为什么会有人喜欢服务他人？我记得去年，一场晚会过后，心头泛起阵阵恶心，说不出缘由。我很生气，出于对智性思考执着的那股傻劲，我希望自己的情绪与思考是合拍的（能有这么多思考，我自己都为之惊叹！）。今天遇到了同样的问题，甚至更为严重。只是简单的美与丑的问题吗？当然，这是因为偏好，因为本能，类似于我追求美的本能，尽管我感觉可以找到无数理由让我倾向于奉献而不是自私自利。除了本能之外，难道没别的吗？拿我自己来说，肯定有。首先是对他人的爱，这一点，是不言自明的。对我而言，爱他们，为他们工作，为他们思考，都是不可或缺的。可为什么一定要赋予这样一种偏好以某种价值呢，我考虑到别人，我便这么做，我从中得到快乐，这样的快乐也要受到鄙视吗？生命的高级形态；个人的喜好。这真的是一种道德满足吗？若我必须教会别人实现这种道德满足，或许做不到。但我自己做到，已经足够了！毫无疑问，我是非常个人主义的，但这与奉献、对他人毫无保留地付出爱一定

---

① 1925—1926 这一学年，即西蒙娜·德·波伏瓦进入索邦学习的这一年。——原注

冲突吗？我觉得自己的一部分生来是为了奉献的，有一部分生来是留给自己慢慢滋养的。留给自己的那部分其本身便极具价值，也能作为为他人奉献的后盾。

我不再执着于要将这段时间的假期过得如何充实，尽管这一年我曾下定决心要这么做。我必须好好休息，我知道这绝不是一个偷懒的借口，而且我的内心充斥着太多的不耐烦。

八月十三日

生活充实的时候真是太美好了！我要是个画家，肯定要把这个"影子从高处降临"的时刻描绘下来。我要做的不是分析，而是一个内容丰富、出色的概括：存在和活了十八年带给我的身体上的愉悦，在这片阳光、这片灿烂的天空下沉醉，看着夜色的黑慢慢聚拢，感受到浓浓的爱意。我隐隐地感到一丝遗憾。让这些瞬间变得如此美，如此独一无二的，不正是在这无边的幸福背后的、我曾经历过的痛苦时刻吗？这是对我的补偿和鼓励，可我不能幻想一生全都是这样的瞬间。我还遗憾的是，没有更加用心地体味这乡间的甜美。我太清楚了，它会带给我怎样的快乐。这就像一本被翻烂了的书，再也无法激起我内心的波澜。我意识到，从前的几年，我与自然融为一体，我探寻自然的秘密，不放过每一分钟、每一寸土地。我现在只能不断地回味这种感觉。天哪！这种感觉，我曾经多么向往，多么爱不释手，我把自己的灵魂放进了所有的风景里！而恰恰，我习以为常的快乐已经消失殆尽了。而且我也不是完全放任自由，每时每刻都随心所欲。我不知不觉中竟实践了纪德的信条，也正因为他向我揭示了这一点，我才超越了他。我坚定地要去实现生命的统一，而不是任由自己随波逐流，没有作为。

纪德！或许他真的作了很多恶，大家都这么说，马西斯的文章①确实也让我不得不认同，可我的一切都应归功于他！一种本身不好的理论难道就不能提供引人思考的绝佳视角吗？有许多问题，都可以得到无数种不同的答案。无论他如何作答，只要他的回答能引领我找到一种适合我自己的答案，我就对他心存感激。特别是《浪子归来》和《地粮》②两部作品。我不确定，但在我看来，这种背德比某种冷漠更合乎道德。说到他的影响，有些毒药也能成为疗愈疾病的良方。而且，我宁可被毒药侵害，也不愿活活饿死。况且还有解药呢。

也许就是因为无所事事，才让我更为迫切地想要学习……我做了一些计划，来排解无聊。首先，我想花更多精力在团队里③。我知道参与之后免不了会很失望，可要是能做成一些事，那该多高兴。我想用一种合乎道德的哲学去熏陶团员，让她们享受到文学的美。无论如何，要培养她们的批判精神。若是能将智慧与生命相结合，智性闪耀的光芒多么绚烂，多么让人陶醉。这不仅会带给她们愉悦，也是一种支持，让她们看到存在的另一种面貌。莫里亚克的话很打动我，写到在熙熙攘攘的街头穿梭的人们时，他说"他们的记忆中从未唱响过一句诗"。

这对我很重要。知道别人跟你有着同样的感受，因为别人，更清楚自己的情绪，使之变得更为美好……甚至有些作家（克洛岱尔）表达的已不仅仅是一种共情，还有一种解答和一份宽慰。比如，《圣人散页》中令人爱戴的"圣路易"。我所有的努力在于揭示

---

① 亨利·马西斯，《安德烈·纪德或背德主义》，见《评判》（1923）第二章。——原注
② 《浪子归来》出版于1907年；《地粮》出版于1897年。——原注
③ 团队是由罗贝尔·加利克创办的，西蒙娜·德·波伏瓦加入了美丽城的女性团队，并因此要定期开一些讲座。——原注

这些快乐。即便我做不到，至少这份友爱不会丢失。我得到了很多，也想给予很多，这是一种间接的回馈方式。至于数量，触及的可不只有一个灵魂，而会有很多很多。这本书最让我喜爱的，是作者从个体的角度出发，以每一个独立的个体为终极目的。我要把最初尝试的结果写在这里，好与自己的期望做一个对比。

我自己也一直在学习。哲学？……终于，我可能又找到了一些新的理由让自己爱上它。建立在空洞基础上的讨论，实在不是我擅长的。尤其是我也不能完全放弃学业。不过能跟同时代的思想家想法相通，真让人激动。我热爱这个时代，人们内心激荡，无私奉献，还有为思考和艺术付出的艰辛，融合了对现实的理性看法与对完美的追求。追求理想，但不脱离人的共同状况，而是深入生活之中，尽管生活表面上看是平淡乏味的。这更合理，也更有意义，因为这样做完全以纯粹的现实为依据，这样做不会把任何东西排除在外。而且，这是一种高级、考究的方式，让粗俗的面貌得到改观，而不是强加于每个人一个不同的理想。做的事情是一样的，但初衷不同。众多观点之中，这句话我视若珍宝。首先，它摒弃了所有愚蠢的虚荣，我内心的复杂只有我自己知晓。这正是巴雷斯所说的两重性的愉悦，讽刺和暗自的骄傲，是嘲笑"野蛮人"最好的方式，而不是让他们以为大家都跟他们一样。说得更严重些，这是一种只为自己行动的强烈的独立感和个人尊严。成见或已有的习惯总会因为某种原因而存在，而这种原因后来消失，也是为了让人们形成某种常规，按习惯行事。所以我可以瞧不起他们的行事动机，但不能瞧不起行为方式本身。要是我不喜欢他们，我就会置之不理；而若是我喜欢他们，我就会温柔地与他们共处，看着自己的文质彬彬与他们的粗俗无知交织在一起。但同时，我保持着自身精神的独立性、我的真诚、内心的欲望。

开学在即，可原定的阅读计划远没有完成……

　　I——人类的种种印象，其固定的、共同的，因而不属于任何私人的因素被储藏在简单而现成的字眼里；这些字眼压倒了，至少盖住了我们个人意识之种种嫩脆而不牢固的印象……直接意识这样被压倒的现象在那里也没有在情感方面这样显著。强烈的恋爱或沉痛的悲哀会把我们的心灵全部占据：在这时候我们会觉到有千百种不同因素在互相溶化与互相渗透，它们没有明确的轮廓，毫不倾向于在彼此关系上把自己外在化，所以这些因素是那样独特新奇。但是一旦我们在这些因素的混沌一团之中辨别了数目式的众多性，则我们就已歪曲了它们。我们若把它们彼此分开并且排列在一个纯一的媒介里（随你高兴，称这媒介为时间或为空间都可以），则在这时候它又会变成怎样呢？一会儿以前，每个因素都染上了它四周一种不可言状的色调，到现在，它变成无声无嗅而准备一个名称……所以我们现在是站在自己的阴影前面，我们以为自己已经对自己的情感加以分析，其实不知我们已以一系列无生气的状态代替了它，这些状态可被译成言语，每个状态是整个社会在指定情况下所得到种种印象之共同的因素和非私人性质的渣率……如果有这样一位小说家，则我们将称赞他，说他对我的了解比我们对自己的还较透彻。但是事实并不是这样的。这位小说家把我们的情感散布在一个纯一的时间内，又用言语表达情感的种种因素。仅仅这个事实就可证明，他自己所献给我们的也不过是情感的阴影而已。可是他把这阴影排列成一个样子，致令我们可猜疑到那把这阴影投射出来的原物具有异乎平常的、不合逻辑的性质。被表达出来的因素，其本质是矛盾，是互相渗透；

他把这种本质多少表达出来一些，因而促使我们进行思索。(89、90)

II——我们的知觉、感觉、情绪、观念都呈现两个方面：一方面是清楚的，准确的，但不属于任何私人；另一方面是混杂紊乱的，变动不停的，不可言状的，因为语言若不取消它的可动性就不能捉住它，若不把它变为公共财物就不能把平常的形式套在身上。(87)

III——这样一来就形成第二个自我，它把第一个自我遮盖起来，它的存在是彼此有别的瞬间所构成的，它的种种状态是彼此分开的又容易用语言表达出来的。(94)

IV——我们所最坚持的信仰是我们对它们觉得最难加以说明的信仰；我们为它们辩护时所用的种种理由很少时候是些使我们接受它们的理由。在某种意义上，可说我们并未根据任何理由就接受了它们，因为它们所以被我们珍贵，乃是由于它们跟我们的其他观念气味相投，乃是由于我们一开头就在它们之中看出自己的模样来。所以它们在我们心中所呈现的不是普通的形式；一旦我们用言语把它们表达出来，它们才会呈现这种普通形式。虽然旁人也用同样的名字称呼它们，它们对于他们不是跟对于我们同样的东西……而一个真正属于我们的观念则充满我们的整个自我。但并非一切观念都这样溶化在我们意识状态的川流内。许多观念浮在面上，如枯叶浮在池水上面一样……因而我们不必奇怪：只有那些最不表示我们个性的观念才能充分地用言语表达出来。(91、92)

Ⅴ——在基本自我之内有了一个寄生的自我，而寄生的自我不断地侵犯基本自我。许多人过着这种生活，到死也不曾有过真正的自由……我们一般地通过在空间的折射才看到我们自己；提过我们的意识状态结晶而成为字眼；又提过我们具体的、活生生的自我从而被盖上了一层外壳，这外壳是由轮廓分明的心理状态所组成的，而这些状态是彼此隔开的，因而是固定的。(113、114)

Ⅵ——有两种不同的自我，其中的第二种是第一种（好比说）在外界的投影，是第一种在空间的以及（好比说）在社会的表现。我们通过深刻的内省以达到第一种自我。这番内省使我们掌握我们的种种内心状态，并使我们把它们当作活生生的、经常在变化着的东西，又把它当作不可测量的状态。这些状态彼此渗透并且它们在绵延中的陆续出现跟它们在空间里的并排置列丝毫没有共同的地方。但是我们掌握自己的时候是非常稀少的。我们所以只在很少的时候才是自由的，就是这个缘故。大部分的时候，我们生活在我们自己之外，几乎看不到我们自己的任何东西，而只看到自己的鬼影，被纯绵延投入空间之无声无嗅的一种阴影。所以我们的生活不在时间内展开，而在空间展开；我们不是为了我们自己而生活，而是为了外界而生活；我们不在思想而在讲话；我们不在动作而在被外界“所动作”。要自由地动作即要恢复对于自己的掌握并回到纯粹的绵延。(158、159)

Ⅶ——我们反而没有得到一种内心状态，其先后各阶段是独特无二的，是无法用死板文字来表达的。我们知道，我们

不能把这种做法仅仅当作一种象征表示。(163)

VIII——在极度欢乐的情况下，我们的知觉和记忆被一种不可言状的性质所渲染；这性质好像一种热或一种光，并且是那样新奇，以致我们在观察自己时往往会奇怪这种心境怎样竟于发生。(7)

IX——我们可以自问：若不偶然经过艺术创作的某些过程，自然界的物件难道还是美的？在某种意义上艺术难道不先于自然？(9)

与其说艺术的目的在于表达情感，不如说把情感铭刻在我们心上；艺术向我们暗示种种情感，而当艺术家找到较有效的手段时就乐于不再模仿自然。(11)

X——真正的怜悯，其内容不大是害怕受苦，而更是愿意受苦。受苦的愿望是微弱的，我们几乎不希望它变为事实，却是我们逆着自己的意志而仍然怀着这个愿望，好像大自然做了一件大大不公平的事情，而我们必得避免同谋的嫌疑。(13)

——柏格森，《论意识的直接材料》，1889 年①

八月十六日

读《欧帕里诺斯》②以来，我第一次沉浸在智性的愉悦中，不

---

① 上述译文均引自柏格森著，吴士栋译，《时间与自由意志》，商务印书馆，1958 年。原书出版于 1889 年，法文原名为《论意识的直接材料》，《时间与自由意志》为该书的英文译名。
② 保尔·瓦莱里的"柏拉图式"对话 (1923)。——原注

18

能自拔。读其他哲学家的著作，我总觉得我是在观看他们如何构建自己的逻辑大厦，坚固的或脆弱的，但只有这本书，让我切身地感知到了现实，我重新找回了自己的生命。不仅找回了我自己，还有艺术，还有诗人们在诗句中暗含的真理，更重要的是，我这一整年的所学都在其中得到了明明白白的解释。只需要呼唤直觉，通过钻研不断地解析观点，总之是在我想认识自我的时候，会自觉拿来用的方法，这样最棘手的问题也消失了。柏格森那本一百八十页篇幅的《论意识的直接材料》一书中包含了多少内容啊。

　　首先，我想说的是，能够接近艺术家、诗人、哲学家，带给我快乐。我想到了讨论语言的巴雷斯，讨论自我形态的泰戈尔，想到阿兰-傅尼耶①，等等。有的是偶然捕捉到，却总能在别的作品中找到科学的解答。让人又惊又喜的是，我发现，艺术家暗示了灵魂的奥秘，它不再只是一个主观的存在，而同时，哲学家的抽象论述，当人们用个人意识中的语录对它们加以解释的时候，这些论述便也有了生命力。

　　不过我可能还是有些失望。在巴雷斯、里维埃的那些发现中，我最喜欢的，是他们非常个人化的一面，因此很神秘，引起了我的极大共鸣，确实如此，但我不会就此认为这是一种普世的价值。确切地说，这是一种突如其来的相似性，而正是因为突如其来，才让我着迷。在柏格森看来，这样的印象不具备不可预测的特征。它们可以得到科学的解释，而在艺术家笔下，它们会用共情的方式展现，并伴随着一种向自我的回归。总之，柏格森解释了一句话，而巴雷斯是用这句话向我解释了我自己。因此，巴雷斯说："为什么要用文字这种粗暴又精准的方式来折磨复杂的内心？"读到这句话的

① 阿兰-傅尼耶（Alain-Fournier, 1886—1914），法国作家。他唯一的作品是《大个子莫林》（1913），被认为是法国文学经典。

时候，我突然明白了原先懵懵懂懂想到过的问题，即我说的话破坏了我的情感，尽管前者想要界定后者。我很满足，看到他能恰如其分地表达并界定一种原本模糊的想法，使之变得清晰，我的内心因此也获得了巨大的能量；我很满足，看到自己的一个观点与他类似，这句话进入我的生命，我领会到了。柏格森说："这些字眼压倒了，至少盖住了我们个人意识中种种嫩脆而不牢固的印象。"我要理解这句话，就必须先读巴雷斯。因为，首先这句话过于笼统、学术，不是"为我而写"；另外，这句话解释了观察到的事实，而巴雷斯则用优美的句子完成了观察。这句话激发了我身体某处那隐约存在、不为人知的智慧。总之，这是哲学，而巴雷斯，代表的是生命。因此，表面上这些句子只是形式不同，但在我身上产生的效果大相径庭。正如柏格森说的那样，停留在表面的想法与进入我的存在并与之融为一体的想法之间，天差地别。这样的类比也可以用在泰戈尔身上。概括地说，我喜欢的作家是重新找回生命力的作家，我喜欢的哲学家是能把作家当成是通往生命的桥梁的人（我可以充当这样的桥梁，不需要一位真正的作家，有可能成为作家的人就可以）。

最让我喜出望外的是对我自身两方面的剖析。这简直太"令人震惊"了。这一两重性常常指的是我自身的存在与外界眼中不加扭曲的、准确看待的，甚至我自己变成观察者后看到的存在之间的对立，从外部观察的和从内部观察到的存在之间的对立，现在这一两重性终于得到了解释。我原先比较过巴尔扎克笔下的心理活动和某个叫弗罗芒坦①的人描写的心理活动，现在我对两者的差别更清楚了。巴尔扎克是在时间-空间中审视人，而弗罗芒坦则从纯粹的时间

---

① 欧仁·弗罗芒坦 (Eugène Fromentin, 1820—1876)，法国画家和作家，以描写阿尔及利亚风土人情著名。

绵延上看待——这并不是说前者善于分析心理活动，而后者不擅长。用柏格森的理论去研究那些伟大小说家的心理描写，一定会是件非常有趣的事。没有人比他对现代小说家的艺术理解得更为精准，连研究普鲁斯特的瓦莱里都比不上他。我这里说的现代小说家是如弗罗芒坦、里维埃、纪德、阿尔兰之类的。我用善于分析描述他们的特征，《曼侬·莱斯戈》《克莱芙王妃》确实都是分析性的小说，但还不是这么回事。现在我更想用的词不是善于分析，而是凭直觉的或者柏格森派的。单纯的分析毫无意义，加利克①说得很有道理，尽管他说的不完全是一个意思。柏格森已经展示了这一点，而我也无数次地经历过，当我试着把某种感情、情绪分解成一个个要素加以分析的时候，我才惊讶地感受到这些要素那么意蕴丰富，而能找到的却又那么贫乏，丰富的意蕴可以体现在这一概括中（引文I）。

> 青春时那颗悲伤的心，让我们把它收藏在某处，当作还愿吧，让我们忘却它，这样在我们内心才能迸发出更有力的源泉，更隐秘、更克制、更充沛，也更苦涩的水流。
>
> ——莫里亚克②

八月十七日

你安安静静待着的时候，有人来打扰你，真是太讨厌了。哦！

---

① 加利克曾在巴黎西郊的讷伊圣马利亚学院上法国文学课，那时西蒙娜·德·波伏瓦满怀激情地听他讲课。——原注
② 贝尔纳·巴尔贝（Bernard Barbey, 1900—1970）小说《悲伤的心》（1924）的题铭。巴尔贝是瑞士沃州作家。——原注

这就是社会生活！更糟糕的是，不断地向别人妥协，最终也会对自己妥协。幸亏我刚刚读了几本好书，让我不会这么做。我以前吸收了太多愚蠢的想法。萨尔芒有部很精彩的剧，《我太大了》①——可怜的蒂布尔斯，为什么你只有勇敢的想法，却不能付诸行动？为什么你耽于幻想而没有勇气尝试？还有雷纳尔②的《心之主宰》：爱情是多么重要的一件事。我惊讶于挣扎会如此激烈。已经不再是孩子之间的爱，而是成年人的爱情，对他们来说，爱是存在的唯一理由。我不太明白这种不夹杂友情的、坏坏的爱，离现实生活实在太遥远了。在我看来，在爱情面前，其他一切也不应该消失，而只是获得了新的意义。我期待的爱是可以陪伴我一生的爱，而不是吞噬我生命的爱。在米奥芒德③的《花园里的女孩》一书中，我品味到了一种对爱情的感伤，很美妙，尤其是最后几页。但是，书中的主人公过于冲动，我不是很喜欢。我知道雅姆笔下的年轻女孩也很冲动，但雅姆就是雅姆。我还是更钟情于巴尔贝的《悲伤的心》，里面的分析细致入微，有两三句话实在动人。但这本书最妙的还是书名，起得好，莫里亚克写的题铭也表达了类似的意思。当我想到自己有朝一日也会变成一个女人，内心久久不能平静。直到十八岁，我还只是个孩子，我尝到青春的快乐只有一年，甚至一年都不到。而很快地，三年、四年、五年，也许更短，我就必须要把青春期的悲伤之心当作"还愿物"一样收起来。二十年之后，或者十年之后，我将如何看待今日的这些惴惴不安呢？我想我会喜欢的，尽管

---

① 让·贝勒梅尔，也称让·萨尔芒，演员、戏剧作家，路易·儒韦（Louis Jouvet，1897—1976）的朋友。这部剧于1924年在法兰西喜剧院首演。——原注
② 保尔·雷纳尔（Paul Raynal，1885—1971），戏剧作家。《心之主宰》出版于1920年。——原注
③ 弗朗西斯·德·米奥芒德（Francis de Miomandre，1880—1959）。——原注

这些不安于那时的我而言会显得很陌生。我会抉择，我会达到平衡，我的存在是由我完成的行为和我说的话来确定的，我将不再是一个"无拘无束"的人。在这个真正的我身边会竖起高墙，一天天地增厚，为此我会付出多少！我相信莫里亚克说的那句话，我要勇敢地面对生活。可必须要"与青春期永别"①的时候，我会有多伤心！年少这一时刻那么美好，独一无二的，也许是最痛苦、最折磨人的，但也是新鲜、充实的，可以发现蕴含在自己身上的宝藏，可以肆无忌惮地审视它，却不会过分地消耗它。这样的一段时间，我有权利保留一切，尝试一切，不停地行动和选择。同时，我的悲伤那么强烈，我的快乐也那么强烈；我怀着那么多不确定，虽然有点享受这种感觉但也会深受折磨；这颗"悲伤的心"犹豫不决，迸发冲动，经受痛苦，但它知道自己是年轻的，珍视所受的伤痛，正是这些伤痛让它的存在变得确定无疑。成为年轻人！哦！我不希望我的青年时代只是孩童期的延续，充满着种种幻象，像以前的女孩子那样，随着年龄的增长，只体会到爱情带来的新鲜感，并把爱情当作幸福的同义词。我强烈地渴望做一个年轻的男人，因为我知道他们曾经历过苦痛，而如今我也在经历苦痛，甚至可能因为我更专注、更孤独，可以更好地感受这一切。我看重我的青春，也看重那些向我昭示青春的人。

我无比热爱孤独。不是那种不得不接受的、让那些傲慢地自称享受孤独的人陷入痛苦的精神孤独，而是有形的孤独，能让一个人静静地寻找亲近之人的陪伴，真实世界或想象中的，或者索性是独自一人。与他人对话，便是与他们趋同，让自己退让，弱化自身，尤其是在应当观察自己的时候。我们不太懂得如何从能与我们交心

---

① 《与青春期永别》为莫里亚克第二部诗集的题名，于1911年出版。——原注

的人的谈话中汲取能量，我们不敢表达最好的自己，习惯平庸恰恰会毁掉原本一切美好的东西。我曾经苦思冥想过那么多美妙的词句，可我不敢写下来，然而我知道它们会得到共鸣。我脑中也曾时不时地冒出过美词佳句，可又因为没有说出来而暗自懊恼。以前有一次，我终于鼓起勇气做了让人觉得可笑的事，我不知道自己为什么在某些瞬间突然有了勇气，而其他时候，我又觉得这样做是自然不过的事。也许，原本就是如此。有时，我觉得自己这么较真实在是不可理喻，可这一切本就是严肃的事，而一切能打动我的东西都非常重要，正如里维埃说的那样。

> 要不是他闻了闻这些玫瑰，它们又怎么会这么香？
>
> ——克洛岱尔①

大自然的一草一木，曾经那么打动我，如今我对它们却无动于衷，这样的变化连我自己都感到震惊！我很不安，也很伤心。算了！时不时地，我的脑海里会模模糊糊地闪过一个念头，自己可能会因此痛苦，只是因为一份回忆，而不是这样的情景在我心中留下的烙印，仅此而已。以前，我很乐意与自然融为一体，有些人无法体会到与大自然生活在一起的快乐，我同情他们。而如今，我的生活也远离了自然。只是因为我知道自己有时超越了自然，我不会自怨自艾。可难道它带给我的就完全不能与昨天晚会带给我的相提并论吗？

既然我已经忘了我的柏格森，那是不是要重新着手制订开学计划？首先，无论如何，这份手记还要继续写。学习，努力学习，拼

---

① 《圣人散页》中的《圣乔治》。——原注

命学习，如果可能的话，快乐地学习，不要怕自己变得太学究，不会有危险……

为团队做些工作，之前也是这么做的。

读书，没时间的话不求数量，但不管怎样，必要的书还是得读。

可能的话每周看几本杂志：《青年杂志》《全球杂志》《新法兰西杂志》《哲学研究》①，还可以再加点别的。

读完魏尔伦。读一读马拉美、兰波、拉福格②、莫雷亚斯。

所有我能找到的克洛岱尔、纪德、阿尔兰、瓦莱里·拉尔博、雅姆的书。

可以继续读拉缪、莫洛亚、康拉德、吉卜林、乔伊斯、泰戈尔、莫拉斯③、蒙泰朗④、吉翁、多热莱斯、莫里亚克。

谈一谈阿尔努⑤，法布尔⑥，季洛杜。

王尔德、惠特曼、布莱克、陀思妥耶夫斯基、托尔斯泰。

罗曼·罗兰。

安德烈·谢尼埃，勒孔特·德·李勒。

可能的话所有保尔·瓦莱里的作品。

---

① 《青年杂志》，天主教和法国思想传播刊物，由新托马斯主义代表人物薛提冷神甫于1910年创刊。
《全球杂志》，由雅克·邦维尔与亨利·马西斯领导，为《法兰西行动》的卫星杂志，倾向于君主主义、天主教、民族主义。
《新法兰西杂志》，由安德烈·纪德、雅克·高波和让·施卢姆贝格尔于1908年创刊，1919年重新发行，主编为雅克·里维尔，1925年里维埃逝世后由让·波朗继任。偏左派。
《哲学研究》，由加斯东·贝尔热于1926年创立的杂志。——原注
② 于勒·拉福格 (Jules Laforgue, 1860—1887)，法国象征主义诗人。
③ 夏尔·莫拉斯 (Charles Maurras, 1868—1952)，法国作家、政治家、诗人、评论家。
④ 亨利·德·蒙泰朗 (Henry de Montherlant, 1895—1972)，法国散文家、小说家和剧作家。
⑤ 亚历山大·阿尔努 (Alexandre Arnoux, 1884—1973)，法国作家。——原注
⑥ 吕西安·法布尔 (Lucien Fabre, 1889—1952)，《拉伯韦尔或灼烧之苦》获1923年龚古尔文学奖。——原注

了解一下马克斯·雅各布、阿波利奈尔和超现实主义者。

莫里斯·杜·普莱西，泰里夫，夏杜纳[1]。

《共和国文学杂志》[2]。

德·诺阿耶夫人（《耀眼》[3]），保尔·德鲁奥[4]。

八月十九日

我重读了这几页，惊讶地发现，阅读时发现的我与真实的我竟然大不相同。我把自己灵魂中最具生命力的部分故意隐藏了起来，若是这样，把自己强烈的感受写下来又有什么用呢？但是，如果我把这本手记留存下来，好让我老了、也许对任何事都提不起兴趣的时候再读一读，那么我就必须把这个假期发生的其他一些事情回忆一下。晚点再说。我将来会成为什么样的人？教师吗？批改一些写着荒谬答案的作业，热衷于谈论知识的价值或其他类似的问题？我很害怕会变成这样：接受，顺从……

> 愉悦，我们存在的深层原因，我们最大的秘密，
>
> 在充满生命力的人眼中，再次看到，确实如此，
>
> 每个人都汲取这一课，即使需要被解释。
>
> ——克洛岱尔《圣人散页》

---

[1] 莫里斯·德·普莱西（Maurice du Plessys, 1864—1924），罗曼派诗人，此学派由莫雷亚斯发起。安德烈·泰里夫（André Thérive, 1891—1967），法国作家、小说家，《时代》杂志的文学评论员。夏杜纳有两兄弟，都是作家，路易·夏杜纳（Louis Chadourne, 1890—1925）著有《青春期的忧虑》（1920），马克·夏杜纳（Marc Chadourne, 1895—1975），后文会再提到。——原注

[2] 《共和国文学、科学、艺术杂志》，每六周出版一期，包括一些漫画和英美文人的通信。——原注

[3] 于1907年出版。——原注

[4] 保尔·德鲁奥（Paul Drouot, 1886—1915），写过三本诗集。——原注

没错，我想要的正是这种生活，可条件是必须经常忍受苦痛，绝不让怯懦绑住手脚。泰戈尔说的……一种美好的生活……锻造弱小的灵魂，全身心投入自己的工作和事业，激发自己的才智，为他人奉献自己，有所产出，有所成长，都是伟大的。显然如此。我看到自己说：我不想要幸福！今年，这句话，我重复了太多太多遍。转天，我只要再读一遍。但还是有一些时刻，我觉得一切丰富的、好的东西显得那么空洞。现在我写下来，我便知道，没有幸福的生活也会同样有价值、有意义，或许更有意义、更有价值。但是今天早晨，我没有思考，这对我来说太难，太难了。我感受到自己十八岁，我知道幸福在何处，我告诉自己也许幸福永远无法企及，永远，所有的一切黯然失色。幸好，还有些瞬间让我相信，获得幸福还是可能的。若我是因为相信自己，才会有这样的想法，那是合理的。可是，我对情势有所期待，或者说，无论哪种情势之下，我从不相信一种期盼可以变成现实，而我所渴望的也经常被剥夺。不过，当我从整体上来看待生命的时候，我也就不会认为生活于我是残酷的。

想不到，我心里有这么多复杂的想法和情绪，表面上还要保持沉着冷静。我有些恼火，哭了一整天之后，竟然还有人恭喜我睡了一个好觉，因为我深切地感受到人与人之间的距离是多么遥远。可感觉别人猜到了什么，让我生气，让我难过。说到底，这些都与我无关，我为什么要为此忧虑？我觉得这种感觉有点像在照一面变形了的镜子，脸部的轮廓都是你自己的，却发生了可怕的变化。那些内心活动，我们自己都弄不明白，不敢承认，喜欢却让人痛苦，通过粗暴的句子让人看到、让人知晓，说句子粗暴是因为它们过于简单片面，孤立了整体中的各个要素，而这些要素只有在整体中才能体现其价值。这有点类似于我想要既快速又明确地评价一本非常喜欢的作品时的感受，这部作品我已经花了很长时间进行细致入微的研读，可还是苦于无法彻底地理解。当我自己犹豫不决、摇摆不定的时候，我都不愿意看到有人（无论是我还是其他人）表现得特别决绝、自信，无视困难，毫不怀疑自己说的话的真正价值。

这就是为什么必须要作假欺骗。通常来说，这样做的效果都不错。我爱身边的人，会在他们面前表现出他们渴望看到的我的样子。只是，我是个女人，有时会像个懵懂的小女孩那样紧张无措，一个小小的错误就会漏了馅儿。那天晚上就是傻乎乎，兴奋过了头。真实的意愿得到了释放，我觉得需要把自己原本的模样展示出来。我终于战胜了自己，因为我发现，我之前试着真诚待人，却收效甚微。但至少我表现了自己，告诉别人我并不是他们所想的那样。身边那么多人关心着我，我感受到自己的温情与愤怒。我必须学会更好地控制自己。

我们也一样，这份爱，它不为任何人服务，只因为它是伟大的，在我们的心里与生命一样。

这样，我们就可以把它送给别人，并感受到我们双臂之间的那颗心被唤醒，双眼一点点地认出我们，带着巨大的喜悦！[①]

——克洛岱尔

有一件事是很可怕的：大家都在同一个起点，有人原地不动，可有人突然爆发，无比迅速地往前冲了出去。冲出去的人一定会惊讶地发现原先的人已经不在他身边，那该责怪谁呢？只能怪他自己。既然他不能后退，那么只能接受与别人的步调不一致。

---

① 《圣人散页》中的《圣路易》。——原注

有些瞬间是非常纯粹的：一段回忆，一种愿望，这时内心是充盈的，无论是痛苦的还是幸福的。被某种痛苦或者快乐占据的内心从自我中抽离出来，生命有其存在的理由。而有些时刻，这份纯粹被打破，我们不能完全放任自己，这时伴随着的是极为可怕的空虚感，或是消失在这虚无中的痛苦或快乐。

于是人们会作出评判，即使因为赞赏它而认为这样的感受是好的，也不承认它具有一种绝对价值。人们接受它，选择它，但不会对它抱有幻想。有时这样两种模式交织在一起：浓烈的情感袭满心头的时候会想起前一天作的评判；当作出清晰的评判、作出有理有据的选择的时候，又会怀念那些充满着痛苦或欢乐的时刻，可以将理性抛诸脑后的时候。

照这样看，我是不是最好不要有情绪上的波动，就像柏格森说的那样？我认为不是。与其说这样做是为了洞悉一切，不如说是为了充分感受每一种精神状态，为了让自己在体验这些精神状态的同时而不被其淹没，尤其是为了能够抓住每一种精神状态的特殊之处，从而体会到某些瞬间的独一无二，而不是对已经见过、已经感受过的产生厌烦。这些丝毫不会改变我心动时的真诚，可惜的是许多心动的瞬间已经悄悄溜走，而这种心动的美恰恰在于它的纯粹，我看重这份纯粹，因为它最为难能可贵。

从我能掌控自己的灵魂以来，我从未有过如此强烈的，甚至如此本能的感受，有什么可惊讶的？我可以剔除灵魂中那些平淡无奇的感受，有了自由的灵魂，各种感受才能充分地展现。

八月二十一日

我离开巴黎已经一个月了，到这里也已有两周。我喜欢这样悠长的下午，可以让我天马行空，无所事事。心情低落的日子很难挨，不管什么都无法驱散心头的郁结。而轻快安静的日子，那是怎样的舒畅和放松！终于不必紧赶慢赶地完成一项工作，终于不用为了不速之客的到访而局促不安，终于可以好好地体味自己的感受，无须压抑，酣畅淋漓地任性一回。即便我手里只有几本书，我也可以与书为伴，成为它们的朋友、它们的奴仆！要是连书都没有，一种完完全全的孤寂或许也是好的，我可以发现自己真正的个性和自信。科特雷紧绷的生活有些打破我内心的平衡，如今这份平衡又回来了，平衡或者说"理性的不平衡"，总之，这就是我用这个词想表达的意思。

昨日收到了信，它让我不得不掂量距离这个词。我爱朋友们犹如爱我自己，或许更甚，可我总感觉自己比她们年老，为各种各样不同的担忧所困。那些担忧只为担忧的人而存在，而我便是其中之一，某一刻，我总感觉有两个"我"并存在我的身体里，我看到了她们的区别，如同自己面对面地看着她们俩。而且时不时地，我会想起过去的自己，那时只有一个"我"。我不知道该怎样命名这份记忆，记忆称不上美好，很短的时间里，我回顾了从前，从前的欲望，还有孕育这一欲望的所有精神状态。真正的往日回首，那样的短暂，转瞬即逝。

能淬炼灵魂、考验灵魂最纯粹的感情是什么？在我看来，是爱情。可有那么多种不同的爱情！甚至可以爱上自己瞧不起的人，我是不太能想象的。有那种疯狂的、不顾一切的激情，比如像拉辛笔下费德尔的爱。我认为这样的爱情并不合乎道德。还有仰视对方的爱，在这种爱里，完全渴望付出，不求回报，不需要被所爱之人爱着，而只求能像对方一样，为对方工作，在对方眼中占据小小的位置足矣，这样的爱往往会带来巨大的痛苦，却让人很有安全感。它象征着理想，目标，历尽千帆而寻到的存在的理由、不变的终点、稳固的基石，如同信仰一般。还有一种，爱上与自己实力相当的人，这是最难的或许也是最滋养人的爱情。没有谁从属于谁的问题，付出爱的双方都可以有自己的追求，生活中保持思想上的独立。

> 高级的需求是有其对象的，欲望比生命更必要。
>
> ——克洛岱尔①

爱情本身并无绝对的标准，可用来判定它是否伟大。有时要鼓起勇气来反抗爱情，有时也要为爱情奋力而战，因为总有些东西比爱情重要，也总有很多其他东西不及爱情重要。要认识到，只是爱情而已，但在投入爱情的时候，要把爱情想得更重要。保持判断的自由，坚守自己的意愿，又交付自己的心。就是要完成这样神奇的事，既要付出又要有所保留，不因有所保留而不全力付出，也不因全力付出而毫无保留。我们在爱情里经受苦楚，灵魂既能测试爱能包容痛苦到何种程度，又能衡量爱有怎样的能力抵御灰心。我们在爱情里也会感受幸福，甚至比痛苦更难以承受的幸福。我们又在爱情里忍受孤独，因为直觉告诉我们，两个灵魂的合二为一是不可能的，也很快会知道，为此所作的努力是何等的可笑。必须要时时刻刻地相信所爱之人的价值，也只有相信他才能知道其价值，他毕竟与我们自身是不同的。要在这样的差异中爱对方，而且不要用俯视的眼光，这对对方不公平，也不要用仰视的眼光，这对自己也不公平。若是灵魂能从这场旷日持久的战斗中顺利地逃脱出来，跨越重

---

① 《圣人散页》中的《圣德肋撒》。——原注

重障碍，经受住重重考验，那么灵魂会变得更加强大、更加成熟，完全有能力享受巨大的幸福，也不会被长期的痛苦击垮。

啊！不会有对我们的这种渴望和这黑暗里的嘴巴了。

这种确定性对我们来说是如此的奇怪，与我们的价值和能力完全没有关系。

如果这个人说他愿意一直待在我们的怀抱里，并且愿意永远都不离开，

他与上帝相关的事业终究向我们提出了除永恒之外的要求。

"那里的快乐在别的地方，而不是在我的心里，"有人说，"你还觉得它是令人向往的吗？"

你的监狱，你还会待在里面吗，愚蠢的人啊，如果我没有让你觉着这是无法忍受的？

而我，屈服的不是这具美丽的身体，也不是我向你讨要的带着泪的微笑，

但一样东西，给予得这样彻底，我再也无法还给你！

我们还是老样子吗？我们是否靠在一起也是徒劳？

既然我向你伸出手，而你，会把我一个人留下吗？

你给我的那一击，啊！那对我已经足够！

你看着我一秒钟的那双眼睛，我再也不会在这个世界上看到！

啊，我直接触碰到的，是你的颤抖，一秒钟，足够了！

你相信，从此以后，我所在之处，总有一种方法会让你对我感到陌生吗？

哦！我的王国啊！这些鲜花和水果，在你给我的时候，你

认为我始终会需要它们吗？

为了让你永远成为我的王国，我的脸上必须永远是春天和拂晓吗？

哦，我怀中无言的故乡，若你隐匿片刻，我会装聋作哑，任由你一言不发吗？

远离你，哦，我的善良，这样的流放是否足以让你不再存在？

如果这么容易逃脱，还值得做一个女人吗？

你想要的只是我的身体，还是我的灵魂？

你不是说，你在我心中的权利已经超越了可感知的东西？

这种纽带，其中时间是无用的，分离也是不可能的？

以前只是天真的食欲，现在变成了学习、自由选择、荣誉、誓言和合理的意愿。

心灵沉睡时的那个吻，就是这个吻，欲望由来已久，无法满足，

困难重重的天堂，不存在，所有人都对它感兴趣。

我爱你不是出于偶然，而是出于正义和需要。

如果我不活着，你现在是否觉得你无法生活，也无法动弹？

我为你带来的东西，你不可能从别人那里得到。

睁开你的眼睛，亲爱的妹妹，认出我吧！

夺取，不遗余力，抓住为成为你的猎物而被制造出来的东西。

爱是一种伟大又可怕的赠与，不会被毁坏！

我们内心最隐蔽的东西已经得到了显现。

哦，我的不朽伴侣！我怀中的晨星！

我们之间的爱太伟大了，在地球上无法得到满足。

通往我们的存在的路，不会这么短。

你的喜悦，你给了我。但你的渴求，不让我知道吗？

沙漠，你会拒绝我吗？这些年来，

没有生命力的存在，你不会让我试试吗？

这样灵魂里才能有泪水的涌动，激情中才能有血液的流淌。

这伤痕，你对我做了什么，离开时才让这个伤口如此之深？

——克洛岱尔《圣人散页》[①]

　　爱情里有几种东西，我深恶痛绝：完全放弃自我，是一种怯懦的表现，一个人从不意味着一个目的，而且显然，责任比爱更重要，责任可以捍卫剥夺自由的行为，我并不是要把这说成是尊严的问题，我认为这是一个关乎道德的问题。我欣然接受为自己爱的人做出牺牲，但是我不愿意只存在于他的阴影之下——情感勒索往往让女人在爱人身上看到一个可以为自己分担重担的人，而这份重担，她们认为自己过于弱小无法独立承担……我知道，在那些沮丧的时刻，有时会被一种强烈的欲望攫住，向对方哭诉自己的辛苦，在怜惜自己的人的眼里看到真正的自己。这就是爱自己，而同时也是他对你的爱。真正的爱情，用歌德的话说，就是："我爱你，这又与你何干？"[②]当然，彼此的信任，心灵相通，这些都是爱情柔美的地方，因为人不会总一味地付出，获得也是让人开怀的。但若是欣然地接受获得，甚至在有时有权利索取的情况下，那么付出便显得尤为重要。

---

① 《圣路易》。——原注
② 歌德曾在《威廉·迈斯特的学习时代》中写过这句话，西蒙娜·德·波伏瓦对这句话的引用源自科克托。——原注

我也不喜欢总是凌驾于爱情之上的人，这说明他（她）的爱不够强烈，他（她）从未为爱所困；我也看不起为爱低到尘埃里的人，这说明他（她）自身有缺陷。我不愿看到一个人总是讲道理，因为强烈的爱意首先是一种直觉；也不愿看到一个人从不讲道理，因为作为人，必须要有凌驾于直觉之上的能力。我希望的是，他有《爱人》[1]里男主角清醒的头脑，大个子莫林[2]的或者雅姆的哀歌里的纯真；有阿尔迈德·德·埃特蒙[3]的天真率直，也有阿莉莎痛苦的思考。在我看来，一份美好的爱情甚至比一部好的作品更困难、更难得。我所知道的那些陷入爱情里的男男女女，没有一个人是完全符合我的期待的：阿莉莎，多米尼克[4]，《蓓蕾尼斯的花园》里的菲利普，《爱人》里的情人，克拉拉·德·埃莱伯兹，大个子莫林。大个子莫林可能比其他那些更不能让我满意。在爱情面前，那样多形形色色的人，那样多不同的态度。说到底，最重要的还是爱与真诚。但爱是那么沉重，即便对于那些从未爱过的人而言也是如此。

　　还有婚姻。也许有朝一日，我会步入婚姻。即使可能性不大，也不是完全不可能。无论如何，这将是我一生中最大的幸福。这是我能想象到的所有女人、所有男人一生中期待的最大幸福。嫁给爱的他，娶爱的她。那么这一幸福到底是什么？当我们撇去爱，冷静地思考的时候，似乎是很可怕的。想的不是幸福，而是婚姻，幸福是另外一个问题（我在《莫尼克》[5]里已经看得太多了）。两个人相

---

① 雅克·里维埃的小说，于1922年出版。——原注
② 阿兰-傅尼耶，《大个子莫林》（1913）。——原注
③ 弗朗西斯·雅姆的小说中的人物，小说于1901年出版，之后提到的《克拉拉·德·埃莱伯兹》也是他的作品。——原注
④ 弗罗芒坦的小说中的人物，小说于1863年出版。——原注
⑤ 马塞尔·阿尔兰的小说，于1926年出版。——原注

爱，我知道，他们互相倾心，彼此了解，这很好。然后呢？他们只有二十到二十三岁的年纪，还有漫长的数十年生命等待着他们。他们将继续生活，肩并肩地，但可能渐行渐远，无论当初的爱有多么强烈。如果两人能一起进步，当然很完美，可万一进入不同的轨道呢？在他们生命的某一个点上，他们实现了令人艳羡的和谐，未来他们又将何去何从呢？我很清楚，因为生活中的突然变化，他们隐秘的自我或许已经被按下了暂停键，他们会看到自己的欲望和情感正在退却，内心的波澜正在慢慢平息，难道幸福就是建立在自身消退的基础上吗？即使起初，他们满怀信心，充满爱意，可以勇敢地不问前路，不管将来幸福与否，但起码他们也无法接受这样的事实：对方不幸福。而恰恰是我，代表着我爱的人的幸福。我知道自己配不上他对我的需要，我认为自己没有权利占着这个位置，在他面前表现出他喜欢的样子，也没有权利假装出与自己原本不一样的样子。我参与的不单单只是我自己的生活，我也参与他的生活，而我们每个人都只有一次生命。当我们下定决心不欺骗，坚决不把对爱情的回忆错当成爱情，不把内心无动于衷的平静错当成幸福的时候，我们该承担怎样的重负！我只是担心不久以后会不得不接受谎言，眼睁睁地看着爱情离自己远去。

这需要巨大的勇气，勇气来自胆量。害怕自己受伤的同时，也怀着希望，希望自己能得到享受。我认为应该将自我置于幸福之上，这样做既为了自己也为了对方。心甘情愿地给予自己能给予的，即使知道是微不足道的，但好歹也代表了点什么。既然代表了点什么，那么接受这是微不足道的事实。只有足够的爱，才能赋予对所爱之人付出的那一点点"微不足道"以无限的意义。不要企图两个人融为一体，肩并肩地前进、互相扶持一下就足够了。同时也要确信，一旦爱情不再，也有深沉的感情留存下来，这种感情，如果让人误认为是爱情的话会变得非常可怕，但是，若我们自己承认有这样的感情的话，却能形成一种非常美妙的关系。

因此，必须给予我们所爱之人以极大的信任，极深沉的爱，而婚姻也能成为伟大又美好的事。

八月二十三日

> 上帝，这确是我们所能给予的
> 关于我们的尊严的最好证明，
> 这是代代相传的热切的哭泣，
> 它刚消逝在悠悠永恒的边境！
>
> ——波德莱尔①

前天情绪上为什么会出现那么大的波动？我意志消沉，感觉被命运裹挟，绝望，在这样一种突如其来的痛苦里似乎什么样的情绪都有，大多是无厘头的，跟任何美好扯不上关系。有些眼泪是充满温情的，无关快乐，无关痛苦，只是因为一时冲动，灵魂因此受到触动。有些眼泪是神经质的，因为气恼、神经放松、愤怒、悲伤，流了眼泪之后，有时身体上会得到一些舒缓，而且人们对流不流泪还是比较能控制的。有时候流眼泪也与精神的紧张、兴奋无关，说不清缘由，只是因为突然尝到了生活的苦，只是因为向纯粹的现实靠近了一步。眼泪常常伴随着更为强烈的感受，自己某一刻的顿悟或者阅读时获得的启发。流眼泪会让人变得很脆弱，因为我们弄不

---

① 《恶之花》（1857），《忧郁与理想》一章，《灯塔》。译文引自《恶之花》，夏尔·波德莱尔著，郭宏安译，商务印书馆，2018年。下同。

明白为什么流眼泪，因为泪水就是以情绪的方式呈现的事实，它表达的不是短暂的不幸，而是反映了生命所固有的痛苦是真实存在的，眼泪会一直存在，人们承受它是必要的。流眼泪，既不是反抗，也不是无能为力的屈服，它代表的不是一种情绪，而是一种冷静的思想活动——在此，泪水有着重要的价值，因为是灵魂而非身体，让人流泪，因为泪水意味着我这个人对于重要问题的关注，因为眼泪具有普遍性。其实，眼泪并不伴随着自怜（可怜的懦弱），这与快乐或者悲伤无关。倘若一本书能让人落泪，那么我坚信，这一定是一部伟大的作品，打动我的一定不是肤浅的煽情或是空洞的华丽辞藻：雅姆、克洛岱尔、《大个子莫林》都让我落泪，我难掩自己的赞美之情。也许就在此时，我们才能最大程度地放弃小我，因此我也乐见人们喜欢流泪，眼泪不是丧气，也不是软弱，而是灵魂的浸润，过后将满怀更大的热情生活、行动、欣赏，因为眼泪从真相中孕育而来，而在唯一的真实中，才能找回生活的趣味和理由。

不过瓦莱里说过："纯粹的现实会瞬间让心脏停止跳动。"[1]是这样吗？是的，但他同时也指出，生活的真相与纯粹的现实之间并不能画等号。我认为，这里所说的真相，是在我们透过它窥见到其背后的现实，并为此感到痛苦的时候，对它的认识才会更加清晰。况且，何为现实？何为生活？两者之间，哪个更重要？肯定是生活，可生活并不是与现实相对立的幻影，而是另一个层面上的实在。

首先，现实、生活，这些词背后的意蕴是什么？我觉得是纯粹的我与活着的我，但这还是一些词，而人是一个完整的个体。确切地说，这是两种思考自我的不同方式，到底是将自我孤立地看，还

---

[1] 《欧帕里诺斯或建筑师》之前的《灵魂与舞蹈》。——原注

是将自我与各种感受、情感、智力活动相联系，并由此产生他者——显然第一种不是一个简单的否定性概念，两种方式没有优劣之分。第一种是存在，第二种是生存。

第一次读波德莱尔的时候，惊讶是远远大于感动的。现在，我爱上了波德莱尔，但跟迷上魏尔伦还是有所不同，不过也是非常喜爱。这些诗，很长时间都不得其意，突然有一天，它们大放异彩，从此深深地刻在脑海里；有些诗句也清晰地呈现在眼前，似乎特意为你而来。真是一个"厉害的"诗人，我无法用自己的思想去揣摩他的诗句，只有跟随他，让他领着我走。而且，他展现的是整个世界。

> 可爱的春天失去了它的清芬。
>
> ——波德莱尔①

> 超越所有个人的快乐，在他心中与诞生相同，
> 神在每个人身上都赋予了顺服的重大责任。
> 召唤人们用匆匆而过的一生去试图悄无声息地理解，不要停歇，正因此，这一召唤被认为是自私的。
> 因为它不是为自己而生，而是为了其他更高的目的。
> 那些看起来如此美丽的道路，它禁止我们通行，总会某个时刻横加干涉。
> 在我们内心深处的这件事在推动我们，提出要求、建议，祈祷，拒绝，不甘愿地，让别人告诉我们，这件事是不能做到的！

---

① 《恶之花》中《虚无的滋味》。——原注

……只有一种方法可以找到它的位置，那就是到一个无法移动的地方。

唯一能使人无罪的，是成为爱的俘虏！

这是比自己更必要的东西，只有一种胜利，永远成为最强者。

——克洛岱尔《圣人散页》

九月六日

回到格里埃尔，我似乎重新找回了自己。太多毫无意义的阅读，同样多无聊的谈话。充满了孤独、焦虑的可怕黑夜，怀念从前在这里的日子，又不想记起，心里总有一种渴望，身边的一切不会改变，这就是我对这些日子做的总结。我还有三周的时间，不能再这样继续下去了。活该，我会听到一些指责、批评，我会因此生气，可我也得为自己而活。一次次的让步，最终活成了懦夫。我明白，要想让自己看起来活得明白，那就必须真的活得明白。我再也不关心自己在别人眼里的样子了。

已经过去漫长的十五天，还有六周
这么久！但是在所有人类的不安里
最痛苦的莫过于身处远方
……汲取思想上无穷无尽的痛苦，
用什么唤醒你，疲惫的希望，
只得到平淡和苦涩的东西。

——魏尔伦《好歌》

孤独的灵魂感到心痛，心中满是挥之不去的烦恼……

——魏尔伦①

昨日，读了让·科克托②的一份演讲稿。他轻快的外表下掩藏着深邃与严谨，学养扎实，纯朴真诚。以前我读到他的时候，总能发现一些新颖的、有创见的看法，一些有趣的观点。如今，我钦佩他，喜欢他。我钦佩他，是因为他对民意的轻蔑态度，他既不会刻意取悦大众，也不会故意惹恼大众，凭借的就是难得的真诚；因为他在作品中坚守的信仰，这种信仰的基础不是愚蠢的傲慢，而是对努力的清醒认识和出众的批判精神；因为他的见解有深度，有新意，逻辑自洽，而且即便乍听之下让我感到震惊，我也不得不承认其正确性，比如他关于代表作的理论，他认为"代表作，意味着画上句号，换行"，还有他关于美的阐述，都有着不容辩驳的价值；还因为精炼语言的艺术，短短的一句箴言道尽了能导向无数种可能的真理。

我喜欢他埋头苦干的炽热，喜欢他将内心世界与文字世界融为一体，喜欢他在赞赏别人、发表观点的时候，以及在生活中表现的严谨与深度，他完全摒弃了老学究的做派，过分的严肃常常是虚无的遮羞布。我还喜欢他说过的这几句话：

我为身为人而痛苦，您明白吧……

不要过于聪明……

这就造就了深爱之人。③

① 《今昔集》中的《忧郁》。——原注
② 指让·科克托 1923 年 5 月在法兰西学院做的一场演讲，题为《关于一种被认为无政府的秩序》，1926 年收入其文集《秩序的召回》。——原注
③ 分别引自诗歌《企图逃离》《永别了，海军陆战队》《波多马克》。——原注

清晨给我的印象，就是漫长的一天又要开始的沉重感……

我因为哭得太多，全身发热，想起了这个建议，"用这些填满你的生活……"

倦怠，怀旧，厌烦，我喜欢他，因为这种种情绪，他都感受过，适度地体验，又精确地表达出来。

哦！对生活的厌倦，并不是人人都会有，身为人的痛苦，我倒经常感受到，以前的某一天，还有今早。

湛蓝的天空，洋溢着欢快的碧绿草地。

徐徐的微风吹过。

自然有着沁人心脾的满满的温柔，通过大地得以呈现，其中的一点小东西，闭着双眼也能感受到，因为所有的这些美好，太庞大又太弱小，对她施以重压，因为她的灵魂太沉重，因为她渴望，她自己也说不清楚，或许是渴望自己知道她无法抵达，因为她知道，这种欲望很快就会离开她。

或人们仅仅只是漫步、交谈，突然这一切的虚无毫无理由地显现出来。上帝啊，不是虚无的到底是什么？是什么？是什么？

一切生活的虚无和希望的虚无都在这短暂的厌恶中。

我多么羡慕科克托能把这一切都表达出来！有时，我也会有一种无法抗拒的欲望，写一部自己的作品，展现我的灵魂。我感觉自己有那么多东西想说！可我不敢，我害怕我想说的已经被别人说过了。有些我一时觉得必不可少的东西，转眼又会觉得毫无意义。我若真的有什么想说，有朝一日我一定会非常笃定。也许三年之后再看吧。从现在开始，最好还是让我的灵魂慢慢成熟起来，能形成真正属于我自己的想法。

我认为，与很多其他人相比，我有两大缺点，而这两大缺点的根源又是相同的：一个是我几乎无法真心实意地去感受一样东西；

我必须首先判断其价值，但我的判断又常常参照了其他人的；另一个缺点是我非常不自信。在日常生活中，这一点也表现得很明显：准备演讲，或者非常简单的作业，我只会按部就班地做，而其实我可以完成得更好。有些人，即便后来证明也很平庸，在我看来还是有着我无法企及的宝藏才智。如今，我的理智受到了无数经历的教化，它不允许我再抱有这样的错觉，但习惯性思维依然存在。从心理学的角度，这很容易理解：根据别人对我说的话，我猜想他们内心藏着一个世界，而他们给予我的是整个的自己，而他们的整个自己，其本身是很贫乏的，但我认为象征了点别的什么。但我对自己，却不会萌生这样的惊喜，我自身的价值似乎是恒定不变的。这是一种可悲的习惯，我因此缺乏胆量：说话的胆量，思考的胆量，写作的胆量。我在自己钦佩的人身上寻找一种认同、一种支持，这与纪德的训诫完全相背离："你身上让我着迷的，奈带奈蔼，是与我自己的不同之处"[1]，也区别于科克托的告诫。

我会想象一些故事，这让我很快乐，我想要看到另外一个与我的灵魂相近、又比我懂得表达的人把这些故事写下来。比如说有这样几则：

一位年轻的女孩渴望一段轰轰烈烈的爱情，却无法实现。她非常痛苦——在她深受折磨的时候，另一段情意绵绵的感情来到她身边，可以带给她安慰，但她拒绝了，尽管第一段爱情往事已矣，但她还是想忠于自己的内心——之后她还是生活着，郁郁寡欢，但毕竟她好好生活着，她也因此意识到，有一个自我，替代了原先那个不顾一切地爱着、痛苦着的自我，而且这两个自我是完全不同的。因为她不能同意放弃这些令人激昂的高光时刻，所以她会自杀，或

---

[1] 《地粮》。——原注

会过着低贱、癫狂的生活，这样她的幻想和现实的她才会泾渭分明：两个完全不同的人，是一种突如其来的彻底心碎，而不是缓慢、绵长的苦闷，一会儿热烈，一会儿失落。

或者，一位年轻的女孩长久以来洁身自好，一心期待着两情相悦又精神独立的美好爱情，她遇到了这样的爱情，却一步步地远离自己的梦想：她刻意地讨好他，她失去了自爱和自尊，有一天她对着他大吼，他安慰她，而他自己也很脆弱，他们试图用一种深厚的、但乏味又令人窒息的感情来麻痹自己。他们在爱中萌生了恨。他们一起追忆这个共同缔造又濒临破碎的美梦，为了依然完好地留存它，他们分手了。

我特别想描绘的是一个无法活下去的她，因为看到了爱情的谎言，生活的谎言，因为即便摆脱这些，她也不能享受自由，因为她寻求的是现实，而不是生命。

还有，一个想要真实却必须甘于假装的灵魂，与其他灵魂之间的斗争，野蛮人战胜了一个过于软弱、无法与他们对抗的人。比如，一个小女孩的日记，她马上要订婚，但不爱订婚对象，但她以为是爱的，因为身边的人都这样告诉她，她常常怀疑这是一场骗局，试着想逃婚，但最后还是被送进了婚姻里。

我应该试一试，即便写不成什么，也能把这些零散的思想碎片落到纸上。只是必须学会不要一股脑儿地把所有要说的都说完，不要耗费掉所有的才华，让有用的才华发挥它们的价值。

> 在大街上，在梦幻的城市中心，
> 仿佛在过去的年代里就在那儿居住，
> 这样的一瞬间，非常清晰又非常模糊，
> 啊，太阳在升起的雾中放射着光明！

啊，这林中的声音，这海上的呼唤！

仿佛他对一切事由都已经忘怀：

像一个复活的灵魂，他慢慢醒来，

事物还和从前一样，没有任何改变。

——魏尔伦①

九月七日

昨晚，第一次，我感受到了内心的平静与和谐，没有激动和兴奋，而是静静的沉思。用拉缪②的话说，我内心挣扎的一切，昨日找到了各自的位置。我并不觉得这三周的时间有多么漫长。某一瞬间，强烈的悔恨离我而去了，我曾安安静静地体味着它的存在，不带苦涩与甜蜜。

这就是为何我会生出写一本书的念头吗？可我知道这种带着孩子气的行为或许很快会被忘记，说到底，我并没有极大的天赋。不过这不重要，我想继续做，至少可以看看自己有多大的意志力。那我该做些什么呢？

"比以前好了。"母亲说。她的话让我微微一笑，也让我有些难过，当听到别人用严厉的态度表扬我的所作所为，我便会有这样的感觉。来吧！他③的建议很有用：不要妄下判断，尽可能清晰地去表达。我与他之间有了新的约定，我的内心多么希望让他知道真相，可这是徒劳的，他或许已经不记得跟我说过这些话了……而

---

① 译文引自《这无穷尽的平原的沉寂——魏尔伦诗选》，魏尔伦著，罗洛译，人民文学出版社，2017年。原文出自《今昔集》中《万花筒》。
② 夏尔-费尔迪南·拉缪，《种族的分离》，1923年，"我所爱之物并不互相有爱"。——原注
③ 这里的"他"指的是表兄雅克。——原注

且，现在这段时间，我做到了成为巴雷斯所说的"自由人"，我已经实现了完全的自我满足。不过，我虽然没那么需要他人了，但我对他的爱依然完整。

而对于巴雷斯所说的"野蛮人"，我倾向于求得一种平衡。我不会再做白日梦，必须时常关注自己是否还愿意坚持下去，继续在人前装得乖巧讨喜，人后愈加看重自己的独立性。如今，就是要让自己变成这样。单单为了维持现状就不得不浪费这么多的精力，多可悲啊！可说到底，生活就需要这般！

之前严苛禁欲的生活已经有所松懈，我允许自己享受更多的乐趣。而且，毕竟也没必要拒绝一切。这几年，我觉得对自己有些过于苛求了，因为我必须摆脱那些自己过于沉迷的东西。今年不同！每次我回首今年发生的一切，都会有一种全新的感受，我太喜欢今年了。我想到了一些重大的事件：那场讲座带给我极大震撼①，为我提出了非常多解决问题的方法；我努力地工作，我不再看重任何一种愉悦：长时间地泡在索邦的图书馆里埋头苦学，在讷伊的时光，或者迈着轻快的步伐穿梭在一个个令我着迷的课堂。还有在天主教学院读到的《大个子莫林》，这里我不能想哭就哭，这只是美好岁月开始时的其中一天。大量的时间花费在阅读《大个子莫林》上，我试着全身心投入，阅读让我发现内心世界的丰富，我为之感叹，阅读那样强烈地撞进我的内心、占据我的内心，我无法抵挡。我读到了纪德、佩吉、克洛岱尔：在圣热娜薇耶芙图书馆进行这些阅读，我有些不安，其实我想独自一人将我的赞叹或痛苦宣泄出来，这些情绪让我喘不过气来——而后假期明媚的一天，又在卢森堡公园读到了《爱人》，那一瞬间我兴奋不已，有着前所未有的愉

---

① 这是一场加利克的讲座，促使西蒙娜·德·波伏瓦投身于团队的活动。——原注

悦。还有千千万万其他事情：拉丁语课，数学课（尤其是其中一门），我一下子感觉到内心的慌张，又要假装专心致志的样子；我与人交谈，推心置腹，建立了某种亲密，这是比任何一切都更为珍贵的——晚上从讷伊回来，坐地铁或步行，到了香榭丽舍大街——还想起了许多其他事情，可我无法唤醒生活的色彩，无法再现这段时间生活中那独一无二的苦涩，我感到时间在飞逝，时间依然溜走。我重又看到，每一刻都充斥着回忆，充斥着财富，每一刻都那么充实，比我的余生合起来还要丰富——终于我要跟巴黎道别了：我的两次道别不同，一次是激动的，眼含泪水，一次是甜蜜的，很甜蜜，这种甜蜜一直持续到现在——都已经过去了！与我眼下的生活相比，都过去了！这些都不重要，重要的是，回到巴黎，我的生活还能像过去的一年那样丰富、那样充实。怎么做呢？意志力，意志力，还是意志力。伸出双手抓住一切，打开我的内心，去工作，去爱。

　　生存中某个给定的时期产生的活生生的感受是不可能再现的，其实这是现实，是微妙又深刻的本质。不可能。我们的生活犹如我们的幻想，孤零零地……

　　　　　　　　　　——约瑟夫·康拉德《黑暗的心》①

九月九日

　　昨日与布吕热一家一起度过了一天，我为什么会这么不快，这么恼火？明明起床的时候阳光明媚，到处散发着清新的味道，这是我最喜欢的时刻。我完全能感受到自我，感受到每一分每一秒的意

---

① 于 1899 年出版。——原注

义。我本想继续写小说，我觉得思维活跃，会是美妙的一天。可结果，大为光火，就像我某几个周六不得不去打网球时的心情一样。烦躁：喉咙痉挛起来，甚至有些疼，眼泪也差点夺眶而出。我想起了科特雷，我不想自己像有人在某些时刻那样，用尽全力好不容易控制住了自己，却因为轻飘飘的一个词再次受伤！我的脸上有了反应，她们①善意的玩笑差点让我崩溃，我无法忍受，她们什么都不懂。我注意到，在那些瞬间，所有加剧我痛苦的想法突然喷涌而出。非常单纯的一种心理现象：这些想法交织在我身上，我就是这样一种状态。这些想法不约而同地都苏醒了，于是变得非常可怕：那些瞬间，我只是在当下经历着，而感到这份痛苦毫无意义，让我无法忍受。不过，这一年流的眼泪也成为我最深刻、最美好的回忆。

我到了布吕热家：看着眼前的事物，听着他们说的话，但什么都走不进我的心里。瞬间，让人完全理解了唯心论的主张：人并不真正是人，只是一些现象而已，所有的一切都会消逝。我心不在焉，无聊又空洞的一天，连一丝悔恨都没有……

我尝试写小说，很有趣，也颇为受益。这让我真正明白了身为作家会遭遇怎样的困难。首先，我如此确信有主人公这样一个人物存在，便以为大家都相信；不对，不仅要塑造人物，还要让别人理解人物。而且，某个想法，对我来说，是无数经历的结果，我可以从中看到一个世界，但别人只看到了它的字面意义。这也就是为何写下来的时候，一切都失却了色彩，因为都是孤立的。

九月十日

今天只有一点时间能在日记里写几笔。没关系，我可以通过其

---

① 母亲和妹妹。——原注

他方式表达。写一本小说的想法，也可以被称作"经历"：老师——自我——书——爱，在询问了所有人相关的一切（还有行动）之后，一种深深的失望笼罩了我。可这些不必要的东西到底有什么价值呢？我坚信发生在自己身上的一切都非常重要，但只是对我而言，对我而言而已。难道我不是只为自己而写作的吗？

关于创作的愉悦，柏格森有非常精妙的论述。

书中的辞藻让人感动，让人第一次读就印象深刻。我们不能完全读懂，但我们也知道，这些词蕴含着丰富的可能性。而其实，也许很久以后，有一天，当我们感受到作家所描述的那种精神状态，想起当初读到的那句话时，那句话就会显现出丰富的意义，一种深切的共情（词源学意义上的）将我们与作者紧紧地联结在一起。因此，我可以概括为，写作，并不一定寻求立刻被理解，首要的是，言说一切的欲望。不过，正如科克托所说，有意思的是我们在字里行间读到的内容。每一部作品都是一本巨大的空白练习本，只是在每页纸的下方写上一句话；每个人都可以写上他想写的。只要这唯一的一句话是一句真诚的概括，作者就无需担心。读者迟早都会从这句话里获得他自己的理解。诗句，箴言，尤为精妙，因为它们以最精炼的形式表达了最丰富的内容，而且在诗句、箴言的背后，作者往往还有未言之意。至少我这里举例的两句箴言就是如此，一句是科克托的，一句是魏尔伦的。

我为身为人而痛苦，您明白吧。

孤独的灵魂感到心痛，心中满是挥之不去的烦恼。

柏格森关于写作的艺术的论述也很精妙，他认为写作的艺术是交流思想节奏的艺术，因为作者无法言说一切，写下的句子、路标都必须让读者像作者一样将空白的书页填满。要是创作一幕场景的话（我想到了巴尔扎克），作者先在心里看过一遍，然后再把他看到的用文字重新写在纸上。重写需要达到的效果是，阅读文字得到的印象要与作者一开始设想的一样。让人恼火的是，特别是作者文字表达拙劣的时候，他会感觉读者没有完成重构，那么一种原本可能很有价值的思想对读者来说会变得毫无价值。这也就是为什么说，一部作品若没有好好写，就不能称其为作品。那么无论怎么说，只要称得上是作品的，那么我坚信作者肯定是用心写的，多多少少都是有意义的，多多少少，毕竟已经得到了公认。换个角度说，如果作品没有内在的价值，那便是写得不好，因为无话可说的时候还要滔滔不绝，那肯定写不好。若没有思想，那交流思想的艺术也就无从谈起。一部小说，比如说陀思妥耶夫斯基的小说，总是留下很多空白，而一部细致的分析小说，我认为也会很注意留白。《爱人》从这个角度看，称得上是精美的小说艺术。

　　倘若无法好好写作，那将无法好好做任何事，任何事，即便是与自己有关的事，因为这说明无法表达自己的思想。这也是为何，我几乎可以断定，我将一事无成，尽管我也同样确信自己有些反应是有价值的：思想、情绪。但是我仍然应该试一试，因为只有试过，才能确定自己是不是一无是处，也好让自己清楚地知道什么时候该结束，这很重要。

　　我骄傲吗？我深深地爱着自己，我一直关注着自己，我确信自己是有价值的，也就是说我的生命形式是独一无二、精彩有趣的。从这个意义上来说，我是骄傲的。几乎所有人都没有意识到这一点，无论是显性的，回归自我（巴雷斯、纪德……），或是隐性的，通过一些行为彰显自己的与众不同（佩吉）。我认为，要成为有头有脸的人，无关他自己承不承认，这种意识是不可或缺的。说到这里，还是骄傲的问题吗？对显见之物的观察，与骄傲扯不上关系。我很幸福，我就是我。这是骄傲吗？我喜欢我自己，因为对我而言，没有什么比自己更重要，我对自己负责，我认为就该如此，我认同巴雷斯的看法。这种态度，完全合乎道德，但我觉得它与基督徒的立场没有差别，基督徒更看重自我的救赎，而不是他人的救赎。骄傲，我的理解是认为自己更好，不过我不会这样。有太多其他的生命形式，我觉得比我的生命形式更好，有太多我钦佩的人，有太多我要仰视的人。我也必须承认，还有很多人，我是俯视他们的，我知道这样不对。我有权利不那么喜欢他们，但没有权利贬低他们，同样地，我喜欢玫瑰，不喜欢蚂蚁，却也不能说玫瑰比蚂蚁高级，甚至很多人会认为蚂蚁比玫瑰高级。简而言之：我微不足道，但我就是我。

骄傲的形象，离我很远。我也不知该如何准确地定义它。它构建了我的思想。一个个瞬间组成的记忆那么清晰，我可以直面现实，但我又发现自己离现实很远。确实如此：我现在的精神状态跟之前的相比，已经完全不一样了。因此，骄傲离我很远很远。在《爱人》中，主人公失去了理智，因为他再也无法确定理智在时空中的位置。而更可怕的是，在我心里甚至再也没有了时空的位置，而且我从来不知道我自己在其中的位置，我再也不能依附任何东西，如同迷失在浓雾中的飞行员，清楚地知道地球在那里，可距离有多远呢？我要回家了，似乎这段时间的假期从未存在过。得回顾一下这两个月。啊！我竟然往前走得这么远！或许马上就要往后退了，退得更远。一想到这里，我很难过。可我又无法放空自己，什么都不想。有一种迷失在沙漠里的感觉！

把我自己活生生的想法，痛苦的，快乐的，用冷冰冰的文字写下来，真是让人恼火！可若是丢失了这一切，我又会很痛苦。然而，当我冷静地进行梳理论述的时候，我还是把这一切都弄丢了，不过好在文学与哲学拯救了我。我在思考中，超越了当下的这一刻。我可能把每一样事物都归了位，但事物的特征就在于没有固定的位置，在存在的那个瞬间成为一切。无论如何，这只是我生命长河中的一小段而已。

九月十四日

这部作品，我现在知道自己有能力把它写完。可是这样的努力是没用的！我本身就很没用！与我有关的任何东西，对我都不再重要，唯有我心中的这个欲望，比生命还要不可或缺。昨日，游览了一些不太熟悉的景观，是我故意选的，这样才能避免无休止地回忆已逝去的过往，我曾以为自己离一切都很遥远，可离过去是既近又远！知道未来无法给予我我想要的，我不免忧心忡忡。回来的时候，我眼中的乡村是那么美，就像我从来没有见到过一样。今早，我又陷入了回忆，内心平静下来，安心、宁静……然而我不知道在那些挂念我的人心里，我到底是什么样的。别人眼里的我是什么样的？人们透过我说的那些话便能猜想出我真实的存在吗？一个人从不会被人了解，因为即便别人掌握了他所有的要素，整体形成的方式只有他自己才知道，而这种方式又是独一无二的，这才是最关键的。不过别人可以了解的是，一个确切的符号。那么对我来说，这一符号又是什么样的呢？它占据了怎样的位置呢？有待发现……

九月十六日

读了让·萨尔芒的《哈姆雷特的婚礼》[①]。男主人公还是一如既往的犹豫不决又魅力四射，为不能做自己而痛苦不堪。他很好地描述了爱情应有的模样："接受它，不做议论。"不做议论，爱情的真谛就是这四个字。若是我真的爱一个人，我永远不应该说："他要是没有这个缺点……他要是能这样……"我不应该否认他身上惹恼我或者伤害我的东西，他就是如此，缺点或是优点，都是他。缺点也是他品性的一部分，不可分割，缺点与优点一样宝贵。我觉得奇怪的那些特征，在他身上有其合理性，能得到很好的解释。我不能理解，只是因为我是根据外部因素作出判断。我爱或是不爱，但一旦我爱，就得毫无保留，我应该信任我爱的人。我可能会错付，会信错人，这是必须要冒的风险。待我确信自己错了的那天，我也会及时抽身。而在此之前，若是给予了信任，那就要继续信任。若他犯了错，但他还是他，我却想着抽身，那我就是胆小鬼。这一行为不会让我退缩，除非他明明确确地告诉我，我相信的不是他这个人，而是我自己的幻想。当然，爱情会有风险，而这也正是爱情美好的地方。爱上自己理解的，自己了解的，与自己一样的，是一种美，而盲目地坚守着自己的梦，也是一种美。说到底，每个人面对痛苦都有一种根深蒂固的怯懦，因为需要安全感而不知所措，自我贬低。

爱情真是一件神奇的事：芸芸众生中，只有那一个人的想法，他的柔情，他的存在才对你有意义！克洛岱尔在《圣路易》一章中满怀激情地做了解释。我重读了《爱人》，我感觉离里维埃越来越近了，当灵魂沉睡时，他对幸福的恐惧，他对热烈、痛苦体验的热

---

① 于 1922 年出版。——原注

衷……我难道不是也同样害怕，在即将来到的这一年，无法感受，不能经历更多。过去的一年，带给我的所有痛苦，我都无比珍视。啊！要是我读着哲学书进入梦乡，忘却了生活的平淡无奇该多好！其实我不愿这样……如若不能得到幸福，我害怕自己会将就，害怕随波逐流……若是幸福降临到我身上，我又害怕会被它吞没。我渴望的幸福是一种与痛苦如影随形的幸福，一种仅仅由痛苦拼凑成的幸福。

> 我那么地同情我自己，连一点对别人的同情都没有。
>
> ——让·萨尔芒

如何定义这种反常？我不喜欢幸福。真是这样吗？更确切地说：我爱我的心，我爱一切由心感受到的东西。我太相信它了，我一直期待着它有所改变，不可思议的期待，我太希望它能经受住。哪些改变？所有的。假如我的身边走过一个风情万种、引人驻足的女人，我不会和其他人那样，仅仅满足于对她产生欲望：我会因为对她产生欲望而快乐，我会因为心头泛起的浪潮而沾沾自喜。所有这些从儿时便困扰着我的不安，我描述的这些不安，我也许很久以前就已经摆脱掉了，要是我能早点期盼着摆脱掉就好了。但是这些不安于我又是不可或缺的；我在其中发现了很多乐趣，尽管我曾因为不安而变得软弱无能。这样的情绪不回来，我便无精打采的；我曾害怕这会一直让我处于痛苦和混乱中。

> ——雅克·里维埃《爱人》

这几天，我感受到了生活的安宁与平静。有一天晚上，我来到栗园，看到一株静静开放的玫瑰，这么美好的景象让我感受到了深切的、简单的快乐！农民们的快乐，他们吹着口哨，唱着歌……健康的生活，简简单单的，没有纷扰。这样幸福的生活，我感同身受，内心也无比和谐……正是在那些瞬间，我看重的是我自己，他人只是我生命的一部分，我是对的，因为他们就是如此。当我感到忧心忡忡的时候，我更看重的是别人，我把自身存在的一切理由置于自我之外。清早的闹钟，比如今早的，常常伴随着难以言说的空洞，这种空洞，特别在我沉浸在美梦里快要醒来的时候，感受尤为真切。无法实现的、荒唐的梦，眼下我又因其他梦而对它不屑一顾的梦，我深深怀念的梦，如同怀念一去不复返的、让人珍视的过去……若不是荒唐的梦，我倒很想亲身经历一次。既然我有意拒绝梦，那我也不该再为此感到难过。然而，当梦重现的时候，我又隐隐地感到自责……责怪自己没有把自身的矛盾坚持下去，责怪自己为了一种可能而牺牲了另一种可能，或许换来的还是一种更差的可能……责怪自己活着，还要活得明明白白。可就应该这样……难道不可以为不能避免的事情感到懊悔吗？

我有这样一种想法，要是另一个梦也消失，那么还剩下什么呢？变成另一个人，不！这会让我感到恶心……至少不要马上，马上完全变成另一个人。

（如果时间到了呢？——一九二九年九月[1]）

而我目前的生活取决于我怀有的这个梦，而这个梦并不单单取决于我自身……我迫不及待地想要寻找另一种氛围，远离这样的粗鄙，内心的粗鄙，我的灵魂在这之中艰难前行。今早读《爱人》，又让我再次沉浸其中，那微妙、美好、有深度的生活中。我能找到我所期待的吗？

---

[1] 西蒙娜·德·波伏瓦追加的评论。——原注

哦！我的生活难道不就是我能完成的最美的作品吗？是的，我会一直保持自身，我自己，我自己……

九月二十五日

在深深的孤独中，我肩负着巨大的痛苦，有悔恨，有欲望，有自责，我厌倦了这一切！昨晚，包括这些天以来，清醒地认识自己的生活，于我已经足够了。我更专心地投入自己的学习，投入自己能创造的一切，而不是苦思冥想自己的真实存在。这样做，更让人感到欣慰，也更容易！

而我再一次听到了克洛岱尔笔下的那种召唤："召唤人们用匆匆而过的一生去试图悄无声息地理解，不要停歇，正因此，这一召唤被认为是自私的！"

哦！我不要成为别人希望我成为的人，我只要做我自己，这是我内心强烈的需求。若不敢直面，便是我的懦弱——撒谎也是懦弱。可我又是那么脆弱，迫切地渴望能有一个人懂我。我是"自由人"，能自我满足。可同样地，也需要在同伴的眼中读到认同……

再者，这一欲望比自身更必要，而且与所有一切都不相容。我付出的爱过于热烈，而无法摆脱他带给我的痛苦，可我又害怕整整一年都要忍受这样的痛苦……与他无关的一切都是虚无，还是要抗争、采取行动……要是我只是向他索取幸福呢？可我想要的是比幸福更重要的东西。

所以，我才那么害怕回程，尽管我一直盼着回家。我害怕平淡无趣，害怕无能为力。我什么都不能想。在我看来，没有任何东西是可以原封不动地重新开始。我担心一切变化……

我以为去年已经获得够多了，最大的困难，是如何保有，坚持……

我甚至不敢鼓起勇气期待丰富自我，我也许根本没有能力坚持。

> 你深沉的爱守护着我的灵魂
> 如同穷尽呼吸吹在微弱的火苗之上。
>
> ——雅姆[①]

我可以或继续往前，或忘记一切，安安心心地工作、看书、行动。我会看到，所有的努力都会得到回报，努力的果实取决于做了多少工作，由此赢得别人会心的微笑……我可以牢牢地抓住自己的内心，在工作、努力之外的，属于自己的隐秘世界。我也会一次次地流眼泪，会无所成就，会抗争。我想我会鼓起勇气的，我愿意有这样的勇气。

九月二十六日

假期结束了，和以往有很大的不同。

我不再像从前那样享受着自然，我曾为自己如此地热爱自然而沾沾自喜。有些日子很兴奋，特别是一开始，有些日子傻傻地忍气吞声，有些日子很平静。不过因为有了这些经历，我才无比确信，外面世界发生的一切，事件、生活，不会对我产生任何影响，我已经足够强大可以掌控它们。我的思绪常常会针对一些相同的对象。也许这里的生活很孤单，不如在巴黎那般热烈。可我还是保存下了所有我能够保有的一切，我已经准备好依据新的准则重新开始，这些准则与去年十月相比有所不同。

[①] 《迎春花的葬礼》中的《哀歌八》。——原注

我太害怕掉进从前愚蠢的旋涡里。我将立刻重读：一九二五年的笔记，几本我受益颇多的书。我将重拾冥想的习惯，之前我几乎已经不这么做了。我会继续写这本手记。更重要的是，我不想在未来的日子里无休无止地追溯过去的时光。这段时间的脱胎换骨、改头换面，于我，也许是再也不会经历的美好。我不想用赞美之词使之不停地重现，那只不过是徒劳，宁可要平平淡淡的真诚，也不要激动人心的谎言。

　　接受、热爱所有的痛苦，所有的。同样接受令人沉醉的欢愉，但不要接受毫无意义的满足。

　　学习——阅读。确认自己的思想，尽量增加自己的阅历，加深自己的思考，思想层面上，还有许多事可以做……特别是用心地去感受（其实很简单！）

　　抗争，即便我无法获得任何帮助。接受所有的责备。（这一点，我觉得自己从未有勇气做到。）

　　不要牺牲自己内心的东西，即便会自责，但自责的事情会有很多很多。

　　照顾好其他人。我热爱与我相遇的人，我迫切地渴望帮助他们。

　　不要让自己因为崇拜而不知所措。可以去崇拜，也要学会从中受益。假如偌大的幸福从天而降，学会面对它；假如巨大的痛苦降临，不要想些旁门左道去逃避，光明正大地体味一切苦涩，重新安排自己的生活，给痛苦留出位置。

　　学学里维埃的做法："不放手又不敢冒险，这就是可笑。"况且，对真正明白的人来说，没有什么是可笑的。

　　实用的建议：不要以为自己认为重要的事，大家都觉得重要；不要把一部小说建构在含沙射影、漫不经心、虚无缥缈之上。

　　无论从哪个方面说，一旦形成了某种思想，做了某个决定，不管发生什么，坚持到底。有信仰，有信心。

九月二十八日

　　旅行，只是为了表达开启新一年的兴奋和快乐。从听到今晨的闹钟起，我感到无比厌烦。那样熟悉的铃声无非在宣告，无聊的一天又要开始了。有什么用？一点点的努力是没用的。晦暗的夜晚，与从前的任何一个夜晚都那么相似，甚至让我觉得从前的某一个夜晚又重现了，也许以后的每一个夜晚也都是一样，想想都不免沮丧……学习，烦恼，庸庸碌碌的日常，这一切都在昏暗的灯光中、最近让人郁郁寡欢的氛围中，曾经我热爱的这一切，现在却让我厌恶到想流泪，实在是因为这一切都太熟悉了。似乎我从前热爱的一切如今都让我厌烦，尤其当我想到将来的时候！无边的烦躁，一本书、一出戏都无法缓解。我曾经盼望着回来，从出发那日开始，我就期盼着，直到昨日，我都以为回来是快乐的。没想到会这般受折磨。离我期盼的是那么近，又是那么远。物质上的困难没有了，取而代之的是实实在在存在于这片被清扫一空的土地上的精神障碍！

　　"啊！真的太可悲了！啊！结局真的太悲惨了……"现在，我平时热爱的这一分一秒，我讨厌它们与其他任一分任一秒都那么相似；与那些已经过去的，与那些我将要经历的那么相似。周而复始，无休无止，我真是受够了。那么多可能性，但是一成不变的生活还是把我拖入了同一个轨道。"紧闭的巢窠；紧闭的门户……"①啊！我没有勇气面对即将到来的一年，我今日已经看到了它们的模样，它们不会给我带来任何新的东西，而我的梦却能为它们装点上一丝丝朦胧的美——远离巴黎的时候，我觉得这是可能的。

---

① 相关译文均引自《地粮》，安德烈·纪德著，盛澄华译，上海译文出版社，2010 年。

而当你念完时，抛开这本书——跑到外面去！我愿它能给你这欲望：离开任何地点，离开你的故乡，你的家，你的居室，你的思想……愿我这书能教你对自己比对它感兴趣——而对自己以外的一切又比对你自己更感兴趣。

宁过一种至情的生活，奈带奈蔼，而不求安息……

奈带奈蔼，我将教给你热诚。我们的动作依附着我们，正像磷光依附着磷。它们耗尽我们，那是真的，但它们形成我们的光辉。而如果我们的灵魂称得上什么的话，那只因它比别一些人的灵魂燃烧得更热烈。

在每个人身中存在着各种奇特的可能性。"现在"将充满着种种"未来"，如果"过去"不已先在那儿投影上往事。但是！一个唯一的过去只给以一个唯一的未来——它投影在我们面前，像是一座架在空间的无尽的桥梁。

别羡望，奈带奈蔼，重尝昔日的水。

奈带奈蔼，切勿在未来中去追觅过去。抓住每一瞬间中再难重复的新奇，而别准备你的快乐；你应懂得在你所准备好的地方，使你惊奇的可能是另一种快乐。

何以你还不懂得一切幸福来自机遇，在每一瞬间它出现在你眼前，像一个乞丐出现在你的途中；让不幸落在你身上，如果你说你的幸福已早死去，因为你曾梦想的幸福与这不同——而你不承认是一种幸福，如果它与你的原则，与你的愿望不能吻合。

……因为每一事物的价值在于互不相似。

因为，奈带奈蔼，别停留在与你相似的周遭，永远别停留，奈带奈蔼。当一种环境已与你相似起来，或是你自己变得与这环境相似，立刻它对你不再有益。你应离开它。没有比你的家，你的居室，你的过去对你更有害的。

——安德烈·纪德《地粮》

更重要的是，更重要的是……假期里，我只认清了自己的欲望。今天，我明白了，我的欲望也许无法得到满足……或者更确切地说，我明白了，我渴望的比我认为的还要多得多！我知道我会收获到什么，我想要向什么伸出双手，我也知道，这与我需要的相比，不值一提。甚至无需急切地去追求那份快乐，因为它与我赖以生存的那种快乐相比，也是微不足道的……

我感到极大的失落，尤其当我知道，年复一年地，要被这样的重负所拖累；我也感到同样深切的恐惧，害怕突然一下子摆脱了这一重负。

文学让我倒胃口，那些谈不上是文学的书更是对我毫无用处……读再多的马拉美、雅姆……都没用，学习也帮不了我——喔！索邦，圣热娜薇耶芙，讷伊！……都不能，连我自己也不能。睡觉！

我有一种听天由命的感觉。我无能为力，生活推着我走，我从未凭借自己的力量从生活中获取什么，我从未从生活的手中夺过它不愿意给予我的东西。在这些时刻，真心实意地想要就这样死去！……而且经历过吞噬人的巨大的痛苦之后，才知道生活多么可笑，没错，实实在在的可笑，和脚下的楼梯、红毯一样，实实在在的。而今日结束，我又必须接受明天的到来。为了在某些非常短暂的瞬间获得自我安慰，我想象着我想要什么，明天会给我带来什么，但是我知道一切都不会如我所期盼的那样发生，即便真的发生了，那之后呢？两个月前，我是多么快乐：我在香榭丽舍大街笑得多么开怀——什么都没变，但如今我是那么痛苦！这两个月，我一直承受着这样的痛苦……

睡觉！

九月二十九日

我第一次读这本书的时候，并没有品味出它的与众不同。这本书需要用我的智力去理解，它带着我完全进入了一个全新又神奇的世界。这不重要，重要的是我这次读懂得更多了。我不会把书中所写运用到自己追求幸福的过程中——我希望我的幸福与我今日所梦想的是一致的，与梦想不一样的幸福，我不要，我恨快乐，恨书中提到的那些珍贵的瞬间，可我也想走出来，去探寻，去冒险，不问缘由地去爱，让自己的灵魂变得热烈又充盈。热情！热情！啊！多么悲壮的存在！……

雅姆诗篇中令人惊叹的是《为摘到一颗星而祈祷》《为赞美天主而祈祷》：

我看到去年的事情又重现了……
我的心为何总是如此孤独？……
我想内心经历如何可怕的虚无……

天主啊，既然我的心，鼓胀如花串，
想迸发出爱和充盈痛苦：
如果这是有益的，我的天主，让我的心痛苦吧……

我只剩下，我的天主，痛苦

我只剩下，我的单薄的灵魂的无意识的回响

就像欧石楠花串的落叶。

读书时，我微笑。写作时，我微笑

思考时，我微笑；哭泣时，我也

微笑，知道尘世是不可能幸福的，

我想微笑时，有时反而哭泣。[①]

——雅姆

　　这一切，我都那么无所谓！重读已经读过的书，还有可能；读新的书，我已经做不到了。与我的痛苦相比，这些书又算什么！而且我知道，它们无非要告诉我，或藐视别人，或顺从别人。况且，我已经痛苦到任何东西都无法安慰我的地步。我哭了，流了许多许多眼泪，可像刚刚那样哭，却是从未有过。我为无法得到的幸福而哀伤，为自己始终知道无法得到幸福而哀伤；我又为或许可能得到幸福而哀伤。可我不曾为了仅一步之遥便能实现最终却又突然莫名其妙地化为乌有的事而哀伤——我原本确信不可能成真，而实际上这本来却是轻而易举。可以说，我天生能尝到虚无的味道，我完完全全地处在黑暗之中，甚至连对一丝光亮的渴望都没有。哦！沉重的一年到来了，我没有勇气去迎接它，我又不能去死。那怎么办呢？一半的时间，像今天一样在悲伤的洪流中虚脱，消极，不愿动弹；另一半的时间，如同此时此刻，抓着一根摇摇欲坠的希望稻草，即便灵魂已死，身体却还要活着。刚刚一瞬间，我理解了自杀，倘若我百分百地确信自己的每一天都跟今天没有差别，那么除

---

① 译文引自《雅姆诗选》，弗朗西斯·雅姆著，树才译，上海文艺出版社，2019 年，《为赞美天主而祈祷》。

了死我还能期盼什么呢。什么？没有活着的理由。要是某一天我找到了活着的理由，那也是因为我不再是我自己；而对我变成的那个人，我内心不会怀有一丝爱意。那又如何呢？

难以忍受的孤独！没有一个灵魂，会那么贴近我的灵魂……今晚回到家，我又将变得孤独，尽管会有很多人围绕着我，这些我爱的和爱我的人，可他们都让我如此痛苦！……因为他们不知道。我为他们的一无所知感到伤心，他们只会因为看到我伤心而感到一丝丝难过，我却会因为他们备受煎熬。但我不可以说，况且，他们从来都是一无所知的……我羡慕有些人敢发言，敢下命令，他们不知道自己会对另一个灵魂产生多么奇特又不可估量的影响。我再次看到童年时的悲伤。和如今的不是有些相似吗？啊！怎么能不尊重陌生人？你不会知道这样会对别人造成多大的伤害，即便你只想要礼貌性地应付一下。

抗争！今天早晨，当明确的敌意①展现在我眼前的时候，我几乎是松了一口气，我终于能表态了。现在我太累了。所有一切，都值得我为之抗争！必须重新开始……纪德、巴雷斯不会给我任何帮助，我不再高看自己，我一无所有，两手空空，垂头丧气，一筹莫展。即便有办法，我连用都不会用吧。

等待！可要等到何时？况且，我已经不能再等了。今日便是今日，不是明日的昨日。一定要获得自由，自由地思考，自由地行动，自由地去爱。思想上的依赖比任何一种可悲的忍耐都要更可怕，忍耐只会让我一有空就想哭——而这次，我的泪水已经无法让情绪得到宣泄，泪水太多了。我已经尝尽了所有的苦涩，没有味道，令人作呕。

---

① 西蒙娜的母亲严令禁止她与雅克见面，因为母亲认为雅克对西蒙娜造成了非常恶劣的影响。——原注

而且，这一切太过分，过分得可笑。我知道，一小时的时间决定不了我的命运，可今天早晨，这些话，影响的只是一小时的时间吗？首先让我难过的是，我丢失了一个自己视若珍宝的梦；其次，当几乎肯定所有其他的梦都将像这个梦一样被摧毁的时候，我痛苦万分。整整两个月，这些日子带给我慰藉，既然现在我的面前设着一个障碍——一直是同一个障碍，噢！我有时真的深恶痛绝。是不知不觉，还是不自知的愿望？至少，我明白了，我多么确信我的愿望，若能被表达出来，便一定不会化为泡影。其实，我也不期待任何百分之百确定的事，除了将要降临到我身上的——或是一定会降临到我身上的……

恢复理智之后，我慢慢平静下来。面对敌意，会暗暗生出一种默契来，只有我自己知道的默契。或许我会为上天给予我的一切而快乐，这是任何其他东西都不能比拟的（歌德说的！歌德！），可若不再争论，会怎么样呢？这种说不清道不明的先知，相比于我为了鼓起勇气反抗、前行而做的所有心理建设，难道不是更具有确定性吗？前行——去哪里呢？不管去哪里吗？无论哪里，都是一样的孤寂。啊！归根结底，我只是个女人，有时我完全可以放弃幸福，可我也能不顾一切地渴望幸福。况且，这涉及的不单单只有我个人的幸福。

要敢！要想！我任由自己听从命运。啊！勇敢地去冒险，不要逆来顺受，我只为这而活。

一定要在星期日之前，我不要做一个胆小鬼，我受够了。

十月二日

我有一个非常荒唐的习惯，会把自己听到的每一句话编成一部戏，这个习惯将一直伴随我！星期四……我犹豫不决，我着急。我感到自己是多么懦弱，不敢为自己的梦想与现实抗争。经过一小时激烈的思想斗争之后，我出门了，即便不能见到他，我也不后悔。生活又给了我重重一击。昨日也一样，还有今天上午……跟我刚回来的那几天相比，天差地别！除了爱情，还有生命，这是比一切都重要的，可我就是这样任由生活摆布着。另一个人只能是家庭里的一分子，而我与他是不相干的，我是独立的，完整的。这将不会有什么差别！

我不喜欢周而复始的一切。我越来越厌倦一日复一日的相似。总得有点别的什么……可又是什么呢？我再也找不到生活的目标。我也不想再阅读，要不写写我自己？我重新翻开之前写的那些拙劣的小短文，我不可能写成。而且我非常确定，我永远无法将自己全身心地投入行动中，我也相信我能远远超越我所能做到的，所有的行为在我看来都同样地无足轻重。我甚至冒出了当厨娘的想法。那又有什么关系呢？

去年的那股热情，我又该拿它怎么办呢？那时那么坚决，那么精力充沛。即使现在变得那么平淡乏味，或许也应该有所行动……而且无论如何，人总有一天会死去，一切也将销声匿迹。那么行动又有什么用呢？

十月三日

这股热情统统都散去了，我不知道这是好事还是坏事，不过，是它剥夺了我活着的所有能力。每一分钟，我都幻想着一个人的在场，每一分钟，对我都是煎熬……现在在我心里，只剩下一如既往的爱，或许比以前更强烈、更令人投入，但我可以带着这份爱过生活，而不是静静地待着，一动不动，肩负千斤重担。这份爱里有伤感，但更多的是柔情，带着一丝希望，无尽的感激，尤其是欢愉，为能体味到如此纯粹又强烈的情感而快乐。我很幸福，存在着一个与我的灵魂禀赋相称的人——哦！可能是不完美的——但瑕不掩瑜，本质是高尚的；我很幸福，能够感受到他的温情，这对我来说很重要，对他来说也一样，这与我们儿时的友情①如出一辙——这一刻，我是这么认为的。我只是不清楚，在与我的生命完全不同、在另一个完全独立的生命里，我占据怎样的位置。很神奇，但我知道我不会为此担忧，我从不怀疑他对我的友情，我也不会追问这一友情已经成了或者将会变成其他什么，一切顺其自然，我们真诚地面对彼此。我并不是因为这个原因，时而快乐，时而悲伤，我甚至惊讶于自己从不想探求我对他到底意味着什么。因为我坚信自己对他意义重大，只是没有言明？哦！当然，我之于他的意义肯定不及他之于我的意义。但他不是困扰我生活的重负，不是充斥着每分每秒的存在，也许只是我在沮丧时的一种宽慰，读一本书时能勾起的一种回忆，一种朦朦胧胧的可能性——每每想到介于我们两个灵魂之间的鸿沟，我便很伤心，有时甚至肝肠寸断。而只要看一眼我拥有的有关他的东西，心里又会美滋滋的。就这样，今晚，我完全沉浸在对他的思念中，全身心地，或许他从未拥有如此完完全全的我。我惊讶自己竟然有胆量把这一切写下来，可这些对我来说已经变成了现实……而今晚这也成了我的借口，我竟然和从前的那些女孩子一样记日记。我对他童年时开始的感情，更多的是一种友情，夹杂着些许气恼，他为什么能这么无动于衷？也有些遗憾，我以前就觉得我们之间或许能产生一种情愫，因为我知道我比他心目中的

① 西蒙娜与雅克自小认识，雅克比她大六个月。——原注

我更优秀——再说，我离他很远。去年，他说"我们聊过莫拉斯的《内心的音乐》"，我想他原本就有这样的能力。于是我开始接触这些：书、观点，内心的焦虑，而他也开始认识我，重新认识我。一次在家吃饭的时候，他在餐桌上谈起了纪德，友善地提到了我的学业，不带任何调侃的口吻；吃过饭，我们回忆起童年时的两小无猜：儒勒·凡尔纳，施米特的童话……我感觉有点什么正在萌生——当晚，我怀着热切的希望入睡，希望能找回儿时的友情，而这个希望彻底实现了。

我们开着车兜风，我记得每一个细节：他到了——我们在协和广场上聊纪德和科克托，那时我对两位作家还不太熟悉，我们在香榭丽舍大街上聊我的学习计划，在龙尚赛马场，他对我说："即使获得了学士学位，还是可以很好相处的。"其余的，是欢笑，是幸福。那时是我一生中最美好的一段时光。我鼓起勇气对他说"我们以后要常来"，他笑了，他能感觉到我是认真的。我马上取消了网球课，步行回家，独自一人，默默伤怀，如此无懈可击的快乐瞬间已经成了过去时，这是多么让人伤心的事！

一天晚上父亲不在家，他给我介绍了几本书，我记不太清了，只知道他很开心。

我去他家里：他借给我《爱人》《背德者》《三种经》①。若是我去的时候，他不在家，也会提前把书准备好，并留下字条："西蒙娜，这些书给你，你也可以选其他喜欢的书……"我等着他。"我更喜欢你一个人在家的时候来看你。"只是些无关紧要的话。

我们共进晚餐。我原本以为我们没什么可聊的，完全错

---

① 弗朗西斯·雅姆，《从黎明的三种经到夜晚的三种经》。——原注

了。"喜欢《爱人》，真棒"，"我读雅姆的时候会哭"。父亲读了《我厌烦》[1]。是不是就在那天晚上，他说："没有什么比这能带给我更大的乐趣"？就像亨丽埃特对他说过："你会引领她……"[2]

所有这些都让我感到快乐，但我还是没有沉迷其中。我害怕，害怕突如其来的事情，害怕这会成为我生命中的阻碍；我也害怕只是自己的一厢情愿……而且我关注的是另一方面。

我还记得其他一些：我们三个人一起度过的夜晚，父亲母亲去了剧院，他留下来，他更喜欢跟我待在一起，而不是跟我父母！！……他读过魏尔伦，读过《蓓蕾尼斯的花园》中的段落。他告诉我："听喜爱他们的人朗读他们的作品，我们才学着爱上他们。"难以忘怀的夜晚……（很多个夏季，让人期盼……）还有那么多其他记忆蜂拥而来：去他家——我提前到了，他为我读马拉美，《显现》和《花边》……有人口出恶言："见鬼！"他说："这可能不太合适。"啊！他的语气那么和善。我们讨论科克托，我们之间有一种美妙的默契。关于这个话题，我们只是简单地交流了一下："我不懂的地方是……"还有关于他那位多愁善感的妹妹的秘密…………都让人铭记。

还有一次晚餐，他全家人都在。在餐厅，我坐着，他站着，为我读科克托写的序言。他先离开了，他母亲一直在说他的事。

某个下午一起去买东西，我们的关系又近了一步。我对他说了读巴雷斯的印象，他告诉我他对友情的理解——"卑微的生命……"我很吃惊，觉得他的话有点刺耳。我好好地想了想，他是对的——

---

[1] 弗朗西斯·雅姆的诗，收录在上述的诗集中，"我厌烦；让我得到年轻女孩的心吧，／绿树荫下蓝色的鸢尾花……"——原注
[2] 亨丽埃特是西蒙娜·德·波伏瓦的妹妹，她曾对雅克说："你会引领她走进现代文学的殿堂吗？"参见《一个规矩女孩的回忆》。——原注

他跟我谈起《埃蒂安》①和《背德者》，我的父母因此责备他。"只要一部作品值得我这么做，"他说，"我还是会把其中美好的东西告诉你。"他说得很认真。我们坐有轨电车回家，还是和以往一样，不太说话。跟他认识、相处这么长时间，我感觉他也没有感到厌倦。

还有：我去了他家，他不在，我等得有些不耐烦，可我再见到他的时候，我竟然脱口而出："啊！小表哥，我要请求你的原谅……"

我们一起在长廊读科克托，他这样对我说："我做过的所有功课，你都可以拿去用。"

有次在家吃过晚饭之后，他开车带我去他家找一篇文章和几本书：《埃里汪奇游记》《莫尼克》②。车上，他说"我不喜欢女孩子"，对这个"领域"一知半解，可他对巴雷斯、巴斯蒂亚③都理解得很透彻……这才是重要的。

还是在他家的一次晚餐，我们在母亲面前谈起了《莫尼克》；他带着我去他的房间洗手，他说："我内心很纠结，我的想法竟然这么复杂，真是件可怕的事。"我们有了更深的默契……我们走之前，他和父亲聊起了《俄耳甫斯》④。在阳台上，他跟我谈起了他的戏剧，短短几分钟。

最后要走了，这一幕仿佛就在眼前，那么珍贵，我甚至无法用文字描述出来……我只能鼓起勇气写一封信，感谢他。我多么想经

---

① 法国作家马塞尔·阿尔兰的小说，于 1914 年出版。——原注
② 英国作家塞缪尔·巴特勒（Samuel Butler, 1835—1902）于 1872 年发表的小说《埃里汪奇游记》。马塞尔·阿尔兰于 1926 年发表的《莫尼克》。——原注
③ 让·巴斯蒂亚（Jean Bastia, 1878—1940），笔名让·西莫尼（Jean Simoni），创作了许多歌舞剧和轻歌剧。——原注
④ 让·科克托的作品，于 1926 年发表。——原注

常跟他说说话，可我又不知道怎么说。

他说的所有话，他说话的语调，他的手势，我都记得，记得一清二楚。我相信他自己一定都忘记了。为什么呢？也许不是这样。不管怎样，我也无所谓。明天，他就要到巴黎了，我会马上再见到他吗？每次见到他，都跟我期待中的一模一样，尽管每次我都会暗暗告诉自己不要抱太大希望，这次会有所不同吗？

我以为自己的热情都已经消散了。只是现在，我把所有的热情都交给了一个人。

十月五日

"我需要这个夜晚，哦，我的爱人，哦，我，为了重新变成神。"① 确实如此，经过前几天极度的失落、沮丧和痛苦之后，我似乎又活过来了。我走在街上，急切地想看到形形色色的东西、形形色色的人。可我，我还是没有完全恢复。我被无数不同的情绪攫住，我无法控制。

昨日，我疯狂地读书，如痴如醉，巴雷斯在《野蛮人的眼睛下》第六章中写到的，令人着迷。看着卢森堡公园的枫树，沐浴在落日的阳光下，这阳光仿佛一团触摸不到的迷雾，我读着这本书，或是在漫步在公园的小路上的时候，我又找回了成为我自己的令人醉人的喜悦。我的爱还在，我感觉到了，真真切切的，意义重大。但它再也没有像那晚一般的、极度的甜蜜，也没有苦涩。它在我的掌控中。对我来说，爱不再代表着一切，而只是我生命中的一件大

---

① 莫里斯·巴雷斯发表于 1888 年的《野蛮人的眼睛下》中的句子。——原注

事而已。之所以说不再代表一切，并非意味着爱已经不复那么强烈，而我活在绝对之中。

看望过姨母之后，我享受了一个小时的美妙时光，激动兴奋。我不再期待走在大街上时能看到让人会心一笑的一幕，路上的行人，我也不可能再向他们投去同情的眼神。这个世界只有我，以及其余的人，而他们的生活又影响着我的生活……街上灯火辉煌，车辆呼啸而过，人们行色匆匆……我正在经历这一切，一个人直面灵魂，我再也不会渴望其他人的爱，甚至，他人于我而言只是对手而已。我再也不需要请任何人走进我的秘密花园，从此我无所畏惧地嘲弄"野蛮人"。我漫步在岸边……杜伊勒里花园，那里，路灯透过昏暗的树丛散发出若隐若现的光，犹如仙境一般。雕像微微泛白，依稀看到一些人影，而喷泉也在这黑夜里尽情地歌唱……还有我和这美妙的醉意，比幸福和痛苦更让人陶醉。不同往常的是，我强烈地感受到自我的连续性。"为什么说这样的话……"相信人会全身心地投入，其实从理智上来说是有些莫名其妙的。而我呢，每天为否定昨日而悲叹，因为临近毕业而苦闷，战战兢兢地想象着未来，在那个未来里，我将不再是现在的我。我知道，是我弄错了，这个我，既不是我的身体，我的思想，也不是我的情绪，而是隐藏在这背后的一切。我也知道，这个我，不论我的存在会发生怎样的变化，都会一直在。一年又过去了，而如今，我的爱也成了我内心经历的一个事件而已。我拾起过去的一切，送给内心的自我，并向她允诺了未来。我向她保证会忠贞不渝：不害怕"野蛮人"，不受成见和怯懦的困扰，就是这个自我，我将对你无比真诚，掏心掏肺。我不会因为有人质疑某种想法或某种情绪，而犹豫不决、不敢表达。我的时间将被学习填满，我会专心致志，我会喜欢学习，热爱学习，但我不会沦为任何物、任何群体、任何人的奴隶。真正的我不会被任何事物改变，而我也不排斥对别人付出我的真心——或许真心已经不在了——可我也要让自己变得更好。就这样，我回了家，在内心重新找回了上帝。我本想大声呼喊：表面上看，我是一个为所欲为的小女孩，可在我心里，上帝一直在游走。

如今，在这个过程中，我一部分的生命将流逝，我没有感到一丝丝的兴奋，却感到彻底地解脱了：思想上的影响、我要做的事，甚至我将结交的朋友。

通过一部作品来表达自我，通过一场感情来释放自己的灵魂，我已经不再需要这样做了。这些都是懦弱的表现，是对野蛮的让步。但这并不代表我轻视行动和爱情，相反地，我看重它们，只是有了其他更高尚的理由。也不是为了让自己摆脱这个真正的我，这个我，我会承担她，也只有我才能为她做点什么。

想到因为她，我才体验到这么多情感，我是多么感恩！似乎当我摆脱她——某些方面——的时候，我变得更配得上她了，我离真正的我更近了。我害怕任何一种神经质，但庆幸自己是个敏感的人！

啊！巴雷斯！昨天我读了最后两章，所有的疑惑都得到了解答，尤其是灵魂的贫瘠，"这位不可一世、悲天悯人的皇后坐在一群滥用内心的狂热者的心脏上"，想把灵魂变成绝对的人会失去通往绝对的热情。也会失去其他一切！关于这些厌倦的描述非常精到，在他的笔下，厌倦本身只是一种回忆，人在寻找自己的主人，人是空洞的、孤独的、乏味的。同时，成为一个神是多么让人激动的事，尽管神也不是完美的！

重读纪德的时候，我却有些失望，因为他太贪恋快乐，太接地气了。而巴雷斯不同，比第一次读还要令我着迷：我的生命何足挂齿，我与我的生命不是一回事。

我读了米奥芒德的《写在水上》①：呈现了与《花园里的女孩》同样的优点与缺点。杜阿梅尔停笔了，《文明》②一书中表达了许多观点，但没个人特色，文笔也不值一提，不过关于传教的章节还不错。

十月六日

从昨晚到今早我都埋头在哲学里（关于真正波澜壮阔的哲学史的权威性论述——之后我还会提及），直到凌晨四点，我看得很投入，哲学似乎在我的生活中又重新获得了一席之地——我想，也许"一周前"就发生了。回看之前的那些担心焦虑，现在一切都恢复如常。

很意外地，我见到他了——是他吗？我敢肯定，是他——熟悉的笑容，抽着烟，欢快的神色。哦，多大的冲击！从这一刻起，我无法思考，无法学习，我又开始感到焦灼不安，接着又是说不清道不明的低落，与我原先想象的完全不同：想要跟他说话，而一想到他真的站在我面前的时候，又惴惴不安。今晚，我告诉过自己他可能会来，但我并不期待，相反地——见面说的都是些无聊的话，他必然会出现在这座公寓里，他身处在这里，但我脑中的他只有他的灵魂——这就是我见到他时的感受。我想，其中一个原因是，看到他与以往不同，那么遥远，远离了我的灵魂，我不知不觉间已经关上了自己的心门。而且他的快乐带给我无尽的痛苦：他一定没有思念我，他开心得那么没心没肺。在这一点上，我错了，首先一瞬间

① 该小说获得 1908 年的龚古尔文学奖。——原注
② 乔治·杜阿梅尔（Georges Duhamel, 1884—1966）于 1918 年凭借《文明》获得龚古尔文学奖。——原注

的幸福快乐不足以让整个内心都获得完全的欢愉，再者，这也不成其为一个理由，我难过，是为了让他也同样伤心——可好好想一想，我发现，见到他才是真正让我烦乱不安的原因，单纯就是见到他。有一次到了他家门口，想到他可能出现在我面前，我突然非常慌张。今天也是一样，只是见到他，我就变成这样。他对我就是有这么强烈的影响，他的生命与我的碰撞在一起，犹如那可怕的闹铃。

　　现在，我知道他活着，他在家里，我可以想象他在做什么，我不再感到痛苦，因为他的行为与我不相干。可当我想到我要见到他的时候……不是害怕失望，不是害怕现实与梦相去甚远，或者其他什么，而我所说的无趣也不是这个意思，很难说清楚，但我的感受如此清晰，无法抗拒。他不再是一个实实在在的人，我回首过去，那里有他的身影，我展望未来，也想到了他，我说的未来就是以后，要是这个未来变成了当下，要是我想到的未来的这个瞬间过于遥远，那我会因为害怕而往后退。我急切地想摆脱这种狂喜。一旦我们交谈，一旦他变回那个熟悉的人，那么令我为之神魂颠倒的那种神奇的魅力或许也就消失了。我已经不再热衷于向他袒露自己的心事，也不想听他的秘密，不想跟他谈论文学……希望我们之间还是与我记忆中一样地心照不宣。

　　而且，倘若我见到他，我会感觉到内心巨大的空洞，深深的遗憾，一切都过去了……我知道去年我经历了怎样的痛苦，我也知道这一切又回到了原点，然而，更让我难以承受的是，我不知道该如何恢复到以前那样，会因为他的出现而痛苦而欢喜——他的出现，似乎有一种超自然的力量，让人捉摸不透……我不渴望我们重新变得熟悉，一点也不：他的友情对我而言已经一文不值了。我不会再试着去弄明白，我知道他与我不在一个层次上，对他来说，他的存在是自然而然的。我感觉这是一种比例失调、视觉错位、平衡丧失……而我还是很清醒、很平静，即使在这一刻，我的自我还是握在自己的手中。好似落进了一个深渊……有点像在梦境中奋力地想要撑开眼皮……可我根本睡不着。我刚刚学习了一会儿，整个这一周，我都是平和冷静的，这种感情，我完全不懂，也令我吃惊，因为我真的不知缘由。

终于，我看到自己学会了即便内心波涛汹涌，表面依然保持从容，当然，痛苦是不会被忘却的！

> 爱折磨人的梦想，
> 怡然陶醉在哀愁的馥郁，
> 没有懊悔，没有惆怅，
> 在萦怀着她的心中留下一掬采撷的梦。
>
> ——马拉美《显现》[①]

十月七日

美妙的一天。我又见到了莎莎！去年一整年，加上暑假，我都以为她离我很远、很远。而现在她就在我的身边，我们会成为真正交心的朋友。啊！这句话说得太好了！我们从来没有这样交谈过，我也不敢奢望这真的会发生——可为何我从不相信自己能得到幸福？她也在为自己出身的阶层而苦闷，她跟我经历着同样的令人难以启齿的事，也有着同样的顾虑和担心。让我们两颗孤寂的心紧紧地靠在一起吧！我们去了圣日耳曼大街——铜版画一样的塞纳

[①] 葛雷、梁栋译。

河——还有夜晚的杜伊勒里花园，这是我新发现的。真的有某种东西在我们之间萌生。

我太开心了，我带她认识了许多她不曾接触过的，都是他带我入的门。当她告诉我，是我让她了解到现代文学，并追问是谁启发了我的时候，我感觉内心柔软的部分被触动了。我感觉《大个子莫林》或《爱人》与她自身的某些东西深深地契合，而我只是一座桥梁，她应该感谢的人是他，我觉得他们组合在一起，无比和谐，令人赞叹。我们分别的时候，我度过了人生中最美好的时刻，我的爱情和我的友情都在成长，它们汇聚在了一起。莎莎映照出了他的观点，从这个意义上说，莎莎于我更为珍贵，而我也更加明白，我可以像莎莎所说的那样，半欲望性地拥有他，而因为他的帮助，我为她做了些什么，通过这个过程我也能拥有他，无论如何，都是幸福的。这很难言说。自阅读《爱人》以来最美妙的一种情绪、一种感情。

十月八日

我没想到竟会如此美好……昨日，他来了，我喜出望外，没想到他来得这么快。今天上午去见他的时候，我已经做好准备，再次体味到曾经令我兴奋不已的美妙的伙伴情谊——说到底，或许，这就是爱情。他带给我的，是那么多的痛苦，又是那么多的妙不可言。现在，没有伙伴情谊，就没有爱情。不，今晚，我感觉自己再也——这次我不会再说：除非有变数——再也不会爱上其他任何人。但是，别人口中所说的"爱情"，也不可能发生在我们俩身上。一切都烟消云散了：担心他不喜欢我、嫉妒、近乎疯狂的焦虑，还有见到他时的兴奋与甜蜜。为此，我羞愧难当，因为是他领着我到了更高处，超越激情的地方。这也是我曾经渴望的：两个人一起承受痛苦。这样我就成了他真正的朋友，在那些"炎热又孤独的午后"，他常常想起我。这封信！……要不是我收到了这封信，我都不敢相信这是真的。他比我优秀太多！或许我面对生活有了更大的勇气，但或许也是因为此时此刻，我任由自己在爱情的梦里沉睡……那他呢，他怎么啦？他竟然会写这样的一封信。我可以，我也愿意为他做些什么，一开始怀着重燃的热情，热情在我的内心升腾，却到了最冰冷的顶峰，在那里，他呼唤我。太痛苦了……还是要给他回信。我要撕了第二页，重新好好写：我并不刻意地讨好他，可是我得很真诚，真心实意地，即便这样的真诚会让他离我而去。我想到的不是自己，而是他。

我还是觉得这一切不可思议：我痛苦的呼唤，终于有了回应。只有在那些我直面灵魂的日子，我才是理智的……我没什么可说的了。重读他的来信……我疯了……我会配得上他……

十月九日

我没有撕掉自己写的信，我想，之后我也不会撕。我想对他说的，不着急，还有接下来整整一年的时间……我想让他读一读瓦莱里的几段话，有关"纯粹的现实"[①]。他所描绘的"活着的烦恼"，我不想借由任何谎言摆脱这种烦恼：情感上的幻觉，思想上的幻觉，行为上的疯狂。只是，这一精辟之言比我们所总结的关于生活的一切道理都有更丰富的意蕴：把网球的动作分解开，那么每个动作看上去都毫无意义。但这些动作合在一起，把球打出去的那一

[①] 这里提到的段落在 8 月 23 日的手记中也提到过，引自《灵魂与舞蹈》。——原注

刻，你会体验到一种难以名状的愉悦。这是另外一回事了，你说①你不再自以为是了，但其实我认为，我们没有权利瞧不起任何人，我也讨厌通过比较带来的优越感。我同样不喜欢在与他人的比较中自我贬低。

我在评价自己的时候，会撇开其他人不考虑。你不觉得这才真正地让人陶醉吗，感觉自己是"一个不可替代的存在"，如纪德所说？无论你是否优秀，只因为你是一个独一无二的个体，才是不可替代的。

我常常惊叹于自己是世界上独一无二的生命形式，所以我很认同里维埃所说的话："所有打动我的一切都那么重要。"这一观点也是我最看重的观点之一，因为我从中看到一种真正属于道德范畴的价值。

或许你并没有非常强烈的欲望，想要摆脱这样的"困境"。一直身处其中，也不会有太大的坏处。严重的隐患是，万一哪一天厌倦了，筋疲力尽了，那么你只能接受生活在你面前展现的第一种境遇，这是唯一的出路，无论是什么。而且极有可能，你能依靠的只是一个谎言而已……你明白的，你已经告诉我太多，但又说得不够：我无法肩负你沉重的痛苦，你应该教会我与之抗争的方法——不是快乐，不是平静，我寻求的并不是这些，对你我都无用，我寻找的是一个支点，不会让我淹没……让我变得更大胆。

或许，我应该说一些给你信心的话。唉！已经很长时间我说不出这样的话了，而且我也不再因此感到抱歉。

---

① 西蒙娜·德·波伏瓦与雅克之间是以"你"相称的，雅克是她的表兄，跟她几乎同岁，儿时便已相识。而她的同学、朋友，男性或女性，即便关系再亲密，她都用"您"称呼对方。——原注

我想请求你的原谅，原谅我在自己的爱情里所有自私的举动：我想要别人爱我更多，而不是我爱别人更多，常常是这样。都结束了。我明白了里维埃在《爱人》中所说的伟大的、充满爱意的放手，以及因此而生的令人心碎的甜蜜。我太开心了，你在信的开头加上了这句话："这又与你何干？"我也经常对自己这样说……我重复着《圣路易》中的几句话，还有这句漂亮的话，都是来自克洛岱尔的："你若不得不带给我快乐，那么得知你的无可奈何，我难道不会因此备感煎熬吗？"[①]谢谢你没有给我带来快乐……

星期一，我会把信送到他家，可能不会再重写了。为什么我更喜欢今天的我，而不是昨日的我呢？

无论如何，我没法专心学习……但阅读确实能让我不再想着他……我害怕，到了晚上，伤心又会卷土重来……

十月十二日

昨晚，多么漂亮的一次总结！只是因为我知道，对这个少女来说，我可以成为很重要的人，我心里油然而生一种纯粹的快乐。我在香榭丽舍大街上，高歌着感恩曲，献给所有帮助成就了现在的我的人，我兴奋地准备好向身边人展现我的灵魂。我对灵魂情有独钟，触及灵魂是那样容易的一件事：只需要寻找灵魂。对那些我想善待的灵魂，它们从不会退却。我对自己说，这多亏了您，加利克，才让我有极大的渴望付出自己，付出自己的所有，才让我今晚品味到这样的甜蜜。感恩您曾经，以及现今对我的所有意义！教学楼的走廊上，当您向我走来，对我说话，那些意味深长的话降临到

[①] 克洛岱尔，《三声部康塔塔》(1914)，在福斯塔这一部分中。——原注

我身上的时候，和去年同样的一种焦急的期盼又出现了，我感到难过、伤心。跟您见一面，我便明白了与其他人产生共情的人生有多么美好。从那一刻起，我会试着告诉每一个人我内心拥有什么……也是因为您，我去年才会那么热情、那么有活力。昨日，这一平衡，这种至高无上的、平静又令人陶醉的内心的充盈又回来了……如同火焰，只要有温度，便能带来温暖，造福人们，只要有温度，我便可以做许多许多的好事。记住这一点！……我承认，我也自以为是过，但只是一种单纯的骄傲，我并不认为有什么可指摘的：我喜欢自己身上拥有着可以吸引别人的东西，我就想自己能成为别人喜爱的样子。这不是因为虚荣，而是与别人的共情，我总会喜欢与我自己相似的另外一个人。我用如此巧妙的迂回的方式来爱自己……这种奢望萦绕着我，我适度地从中汲取快乐，它在我做的总结中也占有一席之地：我从不渴望的汽车和珠宝，看到别人拥有的时候，我也会为之高兴的。我享受智力带给我的快乐，我知道，学业上的成功能让我通过智力靠近其他人，也会为我带来自信、果决等好品质，以及别人对我良好的评价，这些都很有用。我用尽全力保持着作为个体的我与人类群体之间的联系，是的，这种不偏不倚的"自我崇拜"，尽管我只希望它能为我带来自我满足，但确实是有其价值的，即便从表面看，也是一种好的行为。所以，这次散步不仅仅是一份个人的欢愉，它带给我能量，这些能量将会发挥作用。若我们从社会的角度看，那么一切都是平和的，一切都是合理的。

然而，恰恰实现自我崇拜几乎是不可能的，除非你的直接目标并不是为了实现它。因为在这过程中，有太多可以安慰你的人或事，有时我试图将自己委身于他人。是的，就是你，雅克，我要感谢你，是你让我尝到了剖析内心的痛苦以及这么做的毫无用处。若剖析内心有用，那很好，但当我发现它没用的时候，我无比平静。但必须忠于自己的内心，不要想着何时使用——为自己，就像伟大的学者致力于一种抽象的科学，纯粹为了探索的乐趣而已，要是能投入使用，便更好，但这并不是他的追求。

这里我做个小结：迄今带给我帮助的人，我要感谢他们：斯特罗维斯基先生和默西尔①小姐帮了我一些，加利克和雅克帮助我很多——莎莎以前也帮我很多。接下来，是我能给予帮助的人，我可以为他们做点什么：

亨丽埃特（不打扰她，耐心等一等，跟她稍微聊一聊）。

雅克琳娜②（我刚给她写信。她希望我给她的，我都应该给她。要借给她一些书，让她受到震撼，摆脱束缚）。

莎莎（与她更亲密些，给予她更多的关爱，一起读书，交流思想，互诉心事）。

勒鲁瓦（昨日我让他很高兴。与他做朋友，借他书）。

还要试着跟拉迪龙先生、马兰格尔（谁的帮助她都不需要）聊一聊，还有达尔尼，可我无法跟她走得很近，而且她的内心似乎非常强大。

在讷伊，在索邦，我变得越来越开放，越来越直接。对那些我无法施以援手或无法对我施以援手的人，就随他们去吧，但我对待别人要尽力付出。我下定这样的决心、满怀感恩、热情地给予时，我的内心充满着一股巨大的幸福感，这时，雅克，你的形象，不停地对着我微笑，尽管我的想法还远远不止这些。对你也是同样，我尝试了目前我所能做到的一切——甚至冒着触怒你的风险，一想到

---

① 福图纳·斯特罗维斯基（Fortunat Strowski, 1866—1952），索邦大学的文学教师；默西尔小姐，中学哲学教师，讷伊圣玛利亚学院高年级部的主管。——原注
② 雅克琳娜·布瓦涅，西蒙娜在德西尔学校的同学。——原注

我为你而活，我便满心欢喜。我感觉我们之间的感情已经到达顶峰，不会再有任何欲望，甚至都不会因不再有欲望而遗憾，因为这一切都是完美的。我停下脚步，看着双脚，想要弄明白自己到底上升到了何处。

儿时的友情让人回味，但在被一点一滴地品味时，它渐渐离我而去。对我来说，你几乎已经成了一个陌生人，而我内心有时也会遗憾，你要是完全是个陌生人该有多好。重拾的伙伴情谊，曾经我沉浸在对这份感情的追忆中，不可自拔①。还有，今年暑假，我以为一切都会回到原点，重新开始，我痛苦不堪，因为爱情。或许，我从不渴望甜言蜜语，可最终，我还是以利己的心对待他，我竟敢为未来不切实际的梦而哭泣（这也是一种宣告它们有可能实现的一种方式）。我准备了好些话，应该告诉他，我对他的期待，对他的失望。但是，我时常用这样一个事实：他的生活与我的截然不同，来为自己的绝望、欲望、嫉妒、站在他家门口或偶遇他开着车路过时的苦涩和焦虑开脱。我不得不重读我在十月六日写下的手记，那些外部的事实：只有他的眼界、我们说过的话，才对我有意义。换句话说，我并不认为，仅仅这些对我有意义，令我感到愈发心碎的是，去年这一切对我来说已经足够，现在却觉得完全不够。我这样描述今年的暑假："痛苦的是，一个人已经往前走了，而另一个还待在原地。"我错了，是我们两个人都在往前走。九月十三日的时候，我还因为他离我这么遥远而痛哭不止，现在他又给我写信，这么殷勤……

所以，爱情里一旦掺杂了怀疑、担忧、绝望，那么这种自私、可怜、独占、失衡的爱也就远去了……它带给我的确实是一个终

---

① 参见之前10月3日的手记。——原注

点。昨日我感受的那份温情是多么特别，多么纯粹，也终于要被放下了：不是我，是他。这份爱充盈了我整个身心，我却没有被它压垮，也没有因此失去生命力。它融入了我的血液，在我的身上流淌，它不再是我肩上的重负。其中让人觉得美好、确定，被抚慰的是，我们终于面对了真实。我知道，他清楚他对我意味着什么，而他认为自己对我有多大的意义，他便只有多大的意义，他限制了他自己……（而我的痛苦源自把他视为伙伴，将从未付出的珍贵的感情交付于他，任凭他处置）。而我也当然知道我对他意味着什么，我很确定，同时我又害怕我与他之间只是一种非常肤浅的友谊。我以为他会因我而痛苦、被我抚慰，就像我会因他痛苦、被他抚慰一样。用"朋友"一词最广大的意义来说，我们就是朋友。

既然他看似给了我这样的温情，我希望我们可以走进彼此的内心，一步步地走到深处。在我看来，我们不能回到从前，至少我会尽我所能地避免这样的事情发生。不再需要往前走了：我们已经到达终点。

真心地说，我认为两情相悦的爱情是可能的，以后会有。因为在爱里，我完完全全地把自己的心交出去，毫无保留，交出最隐秘、最诱人的内心。不这样做，我也不知道该怎么做，因为首先，我认为目前维系我们感情的方式是最好的，其他任何方式都无法与之相比，而且能带给我启迪的只是这样踏踏实实的感情，而不是一个虚妄的未来。

母亲微笑着猜测我也跟她有一样的想法，想要一个明确的结局，但这让我大为光火。没什么可期待的，也无需为什么事画上句号。她万万不该现在就抱着对未来的期望。现在就是因为是现在才美好。

我有那么多本以为难以启齿的话，那么多转弯抹角的话，那么多我想让他明白的事。一切，他都明白，一切都很简单，很自然，也特别真诚，如此的真诚。当我们说男性朋友或女性朋友的时候，就是字面的意思。我们都知道没有别的意思，但我们也明白这些字眼能引发多么无边的联想。（关于行为的不重要性，我的一些观点写给他看过：必须清楚自己的力量才有可能不加以运用。人们会弄不明白自己可能做出的行为。只有当行为反映在现实中，人们才能确认行为的存在。无法通过思想来编造行为。）

　　一个不可替代的存在……我本希望他能明白我对他的好感有多么深沉，而同时他又能在其中找到智力上的真正帮助。

十月十四日

　　我希望他在这里，希望我们可以一起不顾一切地痛哭，不顾一切……我们还能做些什么，我们已经到达了顶点。就我自身来说，我经历了一段前所未有的时光。我不再有任何期待，我们只能痛哭。或许最好再也不见他，再也不见，而我的一生都活在对这段美好回忆的痛惜中。

　　如今……如今，过去天南地北聊天的快乐已经远去了。这些苍白的话语没有一句能令我满足，我之所以喜欢，是因为有时说出这些话语时的音调。这些话语向我袒露了一切。啊！我多么难过……在这个欢快的秋日清晨，在这个如此美好的卢森堡公园，我口中竟然尝到了死亡的味道……确实，生命不会停歇……

　　痛苦、痛苦的夜晚，这个夜晚，他的面具把他的脸遮得严严实实。我只应该感到更加高兴，因为他对我表示了他的亲密……我还应该做很多其他的事情……我不应该为我把自己完全交给了他而感到遗憾，为我在他的打击下束手无策而感到遗憾，因为至少在确保我甘拜下风同时，我能保证他不会因为我而遭受痛苦……这才是最重要的。我应该相信他的友情，他在我面前承认过，我不应该因为怀疑就侮辱这样的感情。我应该……可若我痛苦，我就有权利痛哭。

整个夜晚，内心久久不能平静。我陷入了梦境，这样才能拯救自己，不被痛苦吞噬，我太了解这种痛苦了。夜晚的昏暗更加剧了痛苦。今天上午，有了这些奇奇怪怪的担忧，母亲不知道，不明白，还执意要谈起他。厌烦……厌烦到让我恶心想吐，把整颗心都吐出来。

我到底做了什么，会如此受折磨？我总是以这样的方式挑战幸福。幸福听命于我，却不会降临到我身上，可现在，我厌倦了，我几乎是呼唤着它来……啊！你不得不承受痛苦，竟然还有人要来激怒你!

我以为这一切都结束了：狂热、焦虑、折磨、整个自我的缩小，还有对他的恨，有时，他就是一个让我不得不直面的敌人、对手。我并不怨恨他带给我这么多的痛苦，对此他也无能为力。带刺的玫瑰如何能不扎人呢？人们爱玫瑰，人们也要摘玫瑰，可手指总会受伤，感觉到痛。

至少，他不会像我一样，为了我而痛苦！因为我想到的是我自己，我痛苦，我懊悔，而我又不知道什么时候才能再见到他……我不知道他念及我的时候会想什么……无论怎么看，我都是孤孤单单一个人，迷失在遥远的沙漠里，找不到方向。

我真的只能用这句话来描述这一切："这又与你何干"，因为唯独我一个人在绝望地扮演着我的角色。

我们通信，这是很容易解决的：他趁我不在的时候读信，没有任何亲密可言。我们分别……当再次见面的时候，信也在寄往对方的路上，它不可避免地横在我们之间，没人能把它抹去。我知道，这封信只会让他远离我，写信的时候，我就知道。但我也同样清楚，这封信一定会让他免遭苦楚，因我而生的苦楚。而且，让我变得比现在的我更优秀，也是徒劳的。我后悔了，后悔今晨给他写了这封信，后悔暴露自己的贫瘠和脆弱，后悔让自己处于如此无能为力的境地……而之所以我的痛苦缓解了那么一点点，并不是因为我为自己作出的牺牲而得意，而是因为昨晚突如其来的那一幕不见了，因为他的灵魂似乎与我的灵魂更相似了。

啊！多么令人痛苦的谜团：挣扎、伤害，难道没有这些，爱就不能成其为爱吗？我曾经幻想过没有挣扎、伤害的爱情……我必须屈服：对我来说，一切友情都是一场腥风血雨的抗争。小的时候，我会因为莎莎的一句话、一个眼神而伤心，我不觉得自己是被爱的，我总是害怕自己会惹恼她，以前我就已经经受过这么大的磨难……当然还是不能与今日的相比，不能相提并论。但我就是有这样的习惯，任何一句话都能成为我的悲剧，我把一切都看得太重了。

哦，我的朋友，今天早晨，我多么需要你的柔情蜜意！我希望自己不会怕你，不会难为情，而是爽直的，单纯的……我第一次害怕与你单独见面，我们俩会不自在。在我故意丢弃的所有金杯①之中，没有一盏会让我如此痛惜，如此难过……我们之间单纯的伙伴情谊在我心里破碎了，一起破碎的还有我对爱情的幻想，因为一些更苦涩、更辛酸、重大又沉重的东西，其实我非常害怕。听到你、见到你的欢乐，我再也体会不到了，我要的是你整个的灵魂（我并不奢求你的心里装满我）。我承受着自己的痛苦，我承受着你的痛

---

① 影射歌德《浮士德》中的名诗《图勒王的酒杯》。——原注

苦，而我甚至不确定，你若看到我的双肩背负着你的重担的时候，会不会生气。你看到了吗？我就这样被毁了。

若是我思路清晰，那么我会说：昨日，他也就如往常一样，可能稍微疯狂了一点，或许只是为了掩饰他的不安。他没有跟我说一些特别私密的话，他一直这样，其中的理由是双重的，他客客气气地，聊起了泰里夫、拉福格、蒙泰朗……我无数次地想象着更糟糕的场景，而真实的状况常常与我想象的相反，带给我幸福……他，可能也会这样，再等一等，要有信心……没错，可我感觉我们彼此还是那么遥远，我对他而言还是那么可有可无，尤其是我不知道何时我才能再次见到他……可我也害怕再见到他。我会避免让彼此说一些无关紧要的话，就像《爱人》中一样，我们只能说重要的话，而这也让我不安，让我害怕……

很简单，去找他吧，找个理由或者不找理由，甚至不找理由更好，控制好自己，跟他说件特别平常的事……看着吧，我若不去找他，那么我们就维持现状，我不确定，那他呢……要是我去了，我可以重新获得与他旧日的友情，不过也有可能我会让他厌烦、给他添堵……对我来说，我从不会厌烦我爱的人，而且，即便我让他厌烦，又如何呢？痛苦的，也只有我一个人而已……

关键是，我认为我们再也无法向前一步了。或许重读他的来信会给予我信心，可是我该怎么做，才能在按响他家的门铃时，心不会怦怦直跳？

我太需要知道他对我是什么想法！念及我们之间不同寻常的默契时，我的心底又感到一丝柔软。我不该怀疑他，为此我感到羞愧，我不断地告诉自己：他是我的朋友。要是我那天哭了，接下来会发生什么呢？他也会跟我一样激动，满脸通红，惴惴不安……可他为什么不约我呢？我是不是应该再等一等？为什么要把事情想得这么严重，非要这样逼他？我接受他原本的模样，我会喜欢他胜过喜欢我自己，但我知道，这样我会有多痛苦，因为我太看重自尊（道德层面的意思），根本无法让自己的灵魂受委屈、被贬损。因为不管我多么看重尊严，爱得多么深沉，我与他面对面的时候，也不会卑劣到想要把他占为己有。一旦我们之间完美的联结中断，双方便会重拾自己的独立和完整。

是我想多了，我应该任由自己走向友情，去寻找幸福，不要想得太复杂，不要自找痛苦。但是在这场冒险中，我投入了全部的我，如今，这已经成了我的生命。

（今天我明白了因爱生出的巨大的仇恨、无可救药的骄傲、决绝的分手、互相的折磨。若彼此之间没有极大的柔情和共情，那么爱情不外乎如此……我会压抑心里的这些情绪，因为他在我面前表现得脆弱又伤心，因为他并没有试图摆架子，因为我们轻轻地一起哀叹……啊！这就是甜蜜，这就是甜蜜，这就是甜蜜！）

我很烦恼，很寂寞。我几乎想要在他面前好好地哭一场。可这一切，雅克，你永远不会知晓。

"这又与你何干？"

可你不会怨恨我，你是我的朋友，不是吗，难道不是吗？

"你若不得不带给我快乐，那么得知你的无可奈何，我难道不会因此感煎熬吗？"然而，今天，我实在没有力气跟你说一声"谢谢"。

我累了，我也再不会因此而自得其乐。有一件事能让我高兴：回家，想哭的时候高歌一曲《多罗洛萨》①。可是我更想哭了，因为我发现，我找不到任何一个想哭的理由。

---

① 1925 年开始流行的狐步舞曲："多罗洛萨！她是痛苦的女人……/多罗洛萨！她的吻带来厄运……"——原注

我喜欢《巴纳布斯》①，我想认识他，让他读一读这些手记。要是我不用这么拼命地学习，我想用他的厌倦加剧自己的厌倦。从来，我不懂生活，每每手里有好东西，我都不好好珍惜，毁坏它们，而我两手空空的时候，又会很烦躁。我把一切都变成了悲剧，我看我自己，都觉得可笑无比。

　　如果我身边有四十个人埋头苦干，心无旁骛，那我就要做这第四十一个。我可以长时间地保持热情，却不具备同样的毅力来忍受烦闷，这真让人头疼。

　　　　我内心的乞丐举起瘦骨嶙峋的双手，伸向着没有星星的夜空，在黑夜的耳边发出饥饿的呐喊。②

　　只有一种生活吸引我：躲到一个风光秀丽的国度，在那里每天听着伤心的人诉说他们的心事，而我与他们只是一面之缘。这个地球上，幸福的人肯定太多太多，都是些愚蠢的人。我不喜欢这些人，孩子除外，他们为了承受巨大的痛苦而积聚力量。说起来，我小的时候，幸福看起来也是那么唾手可得。与爱的人缔结婚姻，阅读……都是美好的时光。

　　无论如何，这几天我还是会去见他，母亲也会暗自偷笑（这一刻，我真的好爱他，这也让我不安。我心里堵得慌，却又空空如也）。她以为有雅克陪着我，我会快乐，这样的快乐怪怪的。总之，她可以相信她愿意相信的一切，我一点都无所谓，因为这都不是真的。

---

① 法国作家、诗人瓦莱里·拉尔博（Valery Larbaud，1881—1957）的作品，于1913年出版。——原注
② 拉宾德拉纳特·泰戈尔，《采果集》（1916），第26段。——原注

我就是想要抱怨！

十月十五日

我重读了今年的手记。哦！里维埃的信，其中表达了虚无，对死亡的热衷，还有这样的意愿：从不逃避、勇于冒险、过一种不为情所困的生活。我也一样，我也需要一种不为情所困的生活……

明日我要去他家。我愿意受煎熬。

我时常重读。加利克的课已经荒废太久了，他在讲佩吉。我应该重读佩吉，我需要一点英雄主义的气概，从自己的小世界里走出来。可我那么爱我自己！啊！六个月前的那种兴奋和激动又回来了——竟然已经过去六个月了！也许那时我还更好，更热情，更笃信宗教，更超然，更能把控幸福，尤其是更单纯。而今，我想得多了，很痛苦，我自认为更敏感、更深刻，但少了些活力与冲动。我老了！今年我已经经历太多！比余生加起来的都要多。我有了许多新的发现，可我也在许多事情上兜兜转转。

在这样不可思议的生活中，我真的让自己变成了自由人，摆脱爱情、思想、日常烦忧的束缚，但现在我清醒了，重新脚踏实地地生活。我或许不会再错过太多事情，我会变得更加深刻，但我再也不会听之任之。我不会把自尊心看得如此之重，或许我更爱自己了。我越发地同情我自己。

之前发觉的一些事，如今看来是那么熟悉！① 我很惊讶，竟然以前不知道。我以为我一直怀着这些想法生活着。唉！我的这些发现，比如我的生命有着绝对的价值，重读时，竟然感觉它们是那么

---

① 指第一本手记中的内容。——原注

贫乏！这些只不过是那时的我在思想上的一点不足为提的残羹冷炙，要知道那时的我内心有多丰富。

这样的一个我曾想在喜欢巴雷斯还是喜欢佩吉之间作出调和。现在，我已经表明了立场，正如我在给雅克的信中写的那样："在我的内心，生命是完全空洞的。"

四月七日，我曾写道：无法严肃地看待科克托。啊！我好怀念那段如痴如醉的美好时光，可它已经一去不复返了。醒醒吧！那时全新的观点如今成了陈词滥调，生活就是有这样古怪又神奇的一面！我有了更为完整的判断和清晰的立场。这就是青春，刚刚被唤醒却已经悄然远去。整整六个月的时间！是我的内心在独自臆想着全新的经历……我的过去似乎只有一年，而今晚，我感觉自己活到了四十岁。

四月九日，我做了个总结，厘清了自己的思想。我一如既往地言明自己的信仰。只不过现在看来，每句话都有着道不完的言外之意。我的思想更加细腻，更加复杂，但其中的原因不尽相同，而且更复杂，但是我的出发点都是一样的。所有的一切都有了细微的差别，由此我知道，我真的越发深刻了。只是，我变得更胆小，更犹豫，我甚至要结束"丰富的生活"。我不再苛求生活必须是无意义的，生活本身已经够难的了。

啊！直起腰板，与野蛮人对抗，我多么自豪、多么顽强！表面上看，我错了。不应该独树一帜，但内心的态度是那么高尚。难道是这次情感危机挫败了我吗？或许是，但无论如何，在我看来，这样的脆弱并不丢脸，因为它被认识、被接受、被掌控，尤其因为它带给我前所未有的痛苦，它让我真正地放手。是的，今年这样的脆弱已经不在了，即便还有脆弱，那也是别的脆弱，但一样要抗争。我不害怕空洞、枯燥，相反地，反倒是过度的热情、痛苦，也许是我无法全然承受的。正如我之前写到的，这种虚无的味道对我来说很陌生，我把它看作是一场斗争、一种考验。今天，我因为厌恶它而暗暗自喜，不，我并没有因此而得意，而是我不断地尝到苦涩的味道，因为我赋予这种虚无以深远的意义，它不是偶然而来的，唉！我已经不那么想用英雄主义来逃避这种痛苦。

我不再像以前那样惊讶于突如而来的痛哭流涕。我实现了自身的独立。是的，我不会改变对自己的期待。只是，对我自己——如同对雅克——我不再有期待，我已然得到了一切。然后呢？

我早已预料到了，又恢复了从前的关系。我会遗憾吗？不会，这样很好……

我在寻求一种结果，我自认为痛苦都不会白白承受。我不再有目标，我感受到存在是没有结果的。然而，我又认为没有结果也是件很美好的事。

啊！巴雷斯的这些话①，从前我是用笔记下来，现在我是在亲身经历。"致命的愉悦……"直到现在我也还是理解不了巴雷斯。我最关心的是要对抗野蛮人。我正在做。其实，还处在要付出努力的阶段，无论是我还是其他人。现在这些抗争已经不能再让我分心……唉！我可以重读这句话："一切都好，除了贫瘠与厌倦。"

我认为，我是对的。我应该把它们赶走，这些熟悉的、令人疲倦的伙伴。我说："这本书是这么的宽泛……"可作品已经完成了。怎么办呢？重新写一部吗？……美好的生活……超越自我……我确实得认真地想想这些事。

啊！克洛岱尔和他对爱情的描述："一切，总是""啊！还留有一些距离"……我重读了这些话，我的整个灵魂都在默默地重复。

---

① 关于灵魂的贫瘠："这位悲天悯人的女王坐在一群滥用内心生活的狂热者的心上。"——原注

内心恢复了平静。克洛岱尔总能解答我的疑惑。"人首先需要避开幸福！"

没错！哎呀！我以为自己写完了这一页，我很高兴，自己一直想着要写完它。我只能依靠我自己，我从不在友情里寻找帮助。或许我以前写的文字里，费尽力气强调的并不是对这些日子的抱怨，而是我没有这么不幸了。如果我为此哀叹，至少我不会配不上那个六月里勇敢面对一切的我。是的，不论如何，不顾一切，我完全认同我那时所写的，包括之后写的。还好，今天的我还在言说。我伟大的爱，就是这样。

阅读结束了。总结一下吧。

首先，我以前不像现在这样，这么投入地记手记。我的痛苦是如此真实，可我完全没有得到任何回应。那时我说的，现在我还在重复。我的想法没有改变。改变的是我内心世界的状态。我的信心变弱了，我的热情变淡了。我心甘情愿地把心里一个重要的位置给了另外一个人。我为人更加真诚，我也更善于分析。我更钟情于现实，而非幻觉。我又重新找回了自信，独立中的平衡。但我不再那么留恋过去。我不想成为那么令人费解的人。

很好。我在这里，而他在那边。我们用信件维系着灵活又稳固的关系。我们这两个我，截然不同，又情同手足。没有狂喜，甚至没有甜蜜，而是一种更为强烈的感情。我知道，仅仅只是这样。

十月十六日

我很遗憾现在不能见到雅克，我刚刚在读里维埃，他让我对自我意识的认识更清晰了。此时此刻，我不再慌乱，因为我自己的判断比他的判断对我来说更珍贵。我敢在他面前表达不同的看法。写下这封信，我感受到了极大的满足，原因是里维埃的一句话，他认为在表达深切的真诚之前，必须先有一种粗暴的直言不讳。我几乎不带感情，我只希望这是一场智力的较量，对与爱相关的一切做一次精准的、专属的分析。事实上，爱，几乎没有在我身上发生过。但当我内心再次因为爱而感到无尽的甜蜜和战战兢兢的焦虑时，我必须鼓起勇气，就像今天那么勇敢，我必须用尽全力冲进他的心里。

我们非常不同，他信中的那些话一直在我的心头回荡……只是，我应该注意，如今这个理智、清醒的我并不是全部的我。想起自己前天还在卢森堡公园痛哭，我实在无法用这一刻（幸好！）的我来定义全部的我。彻底摒弃了对一个枯死的我忠诚、为自己描一幅美丽画像的想法，是时候通过拿我自己跟他作比较，来寻找关于我自身的真相了。

笼统地说，我觉得，他更关注的是一些道德上的问题，而我更关注心理上的。我最喜欢的是细致的分析。我更关注的是自身，而不是我过的生活。我不像他，面对选择会颇多顾虑，我有自己的一套固定标准。迄今，我首先追求的是兴奋。现在，既然已经知道这种兴奋也许只是一种强装的兴奋，那么以后我只会看重绝对的真诚。

或许他更感性一些，然而却是我，总是焦灼不安、泪流满面……我只能再重读，是的，但即便痛苦，我也要保持清醒，洞察一切。我想，我比他更担心在生活中会错过什么，一点点小事我就会草木皆兵，认真到不可思议的地步。我拒绝一切愉悦，害怕会太消耗自己。而他则没有把自己看得太重，他更加冲动、更加有活力，也或许更脆弱：怀疑、厌恶，我认为他的感受会更甚。终究，我不太了解他。我以为他有着一种比我更细腻、更微妙的敏感（这也是为何我认为他比我更优秀），我当然也敏感，非常敏感，但与他的敏感不同。我或许能够比他更深刻，更忠诚，但他的确更讲究、更有分寸，顾虑更多。我喜欢的，正是他的腼腆，可他爱戴面具，装出爱挖苦人或轻浮的样子，连我有时都不知孰真孰假（因为这样我有点生气，我若看着他笑嘻嘻地走进来，我也会怀疑他到底是不是真的开心。可在我面前，他一般都会卸下面具，不会挖苦人，哦！不。我不应该担心这一点，我一定是最强大的。）我看到他性格中最可爱的一面，谨慎、腼腆、怕自己不讨人喜欢。他天生是个艺术家，而我不是。

他比我更聪明、更自信。

让我困惑的是，他的某些性格让我觉得有些刻意：喜欢客套，对目标过分热衷，假装傲慢。这些我常常无法理解（他不太会袒露自己）。还有爱自欺欺人。我不清楚，他是否能做到对自己的绝对坦诚。

总之，根据我对他凤毛麟角的了解，他超过我，有几个原因：一是比我更聪明，二是比我更敏感，三是他在智力和道德上更出众，内心极为细腻，这都是我无法企及的。

而我则更加认真（在我看来），我活得很辛苦，即便伤心的时候也不会全然放任自己。我爱自己，这一点他不如我。

（雅克琳娜来了，打断了我的分析。我很失望，她跟我完全不同。她非常虔诚，根本不明白我的纠结——我同情她。而后情绪又袭来，很奇怪的冷漠的感觉，以前有些晚上也会这样。向我袭来的一切都变得温和、轻柔，如梦境一般。我独自待在房间里，又感受到一股柔情，平静地接受永远无法抵达幸福的事实。梦境，我的情感生活，这些都发生在我的想象中，而我的想象又变成了现实……一片混乱。我有些累了……厌倦了这一切，总是无法让人平静。母亲总是嘴巴上说理解我，可实际上越来越不懂我。她眼中的我，连我自己都觉得不可思议。我信任雅克，我只能等待，鼓起勇气。他是我的朋友。）

如今，我不与别人比较，但看到了更多的差异，我希望尽量能更准确地确立自我。给自己画肖像的时候，我迟疑了，因为这个头脑里干巴巴的形象与现实中活生生的我真是大相径庭！（刚才照镜子，我爱上了自己这张严肃的脸，在深色头巾的衬托下，更加的认真、专注。）我并不把自己看得很重，尤其在读了里维埃和傅尼耶的通信之后，那些文字让人赞叹。我还是不够深刻、不够丰富、不够推陈出新。但我爱我自己，爱自己的有力量，也爱自己的弱点。

（说起来，我曾经差点后悔付出这份爱，它阻碍了我的生活，让我失去了对自我的全然掌控。而恰恰因此，我才有可能感受到痛苦、放弃、大胆与脆弱。唯一重要的是，绝不能为了他而放弃自己的任何东西。我希望他能了解我，而不是爱我——除了那些我太难过、太软弱的时刻。）

一九二六年十月的我

我活了十八年零九个月，但有过思考的人生只过了九个月。短短的九个月，却异常沉重，像过了几年之久。思想上的经历，情感上的经历，数不胜数，程度剧烈。我学会细致地分析，在生活中找到自己的位置（其他人，自我，等等）。

我在自己身上首先发现的是一种严肃，近乎苦修的严肃，无法改变的严肃，我不知它从何而来，但我接受它，将它当作一种神秘的、不能拒绝的必要。我从未想过要与之讨价还价，即便令我不适，我也不能憎恶它：这就是我。是这样的自我支配着我的生活。首先，它替我杜绝了一切不重要的东西。有一些朋友对我很重要，她们很会寻欢作乐。她们甚至不会相信有人会拒绝这些东西：网球、游泳、戏剧、聚会。她们认为理所当然的东西却让我感到不舒服，怎么会这样？我想。我也不会指责这些东西是一无是处的，而当我好好思考的时候，我很清楚我拒绝愉悦是没有任何道德根据的，只是我无法放任自己享受而已。

这一点，我每回都说。这也是我话不多的原因：说一些无关痛痒的话，对我来说是一种折磨，似乎觉得自己很掉价。我花很长时间斟酌自己的每一句话、每一个行为：去看望朋友之前，写信之前等等，我都需要经过深思熟虑。我讨厌交谈，只是因为我无法准备，我不能准确地表达内心的情感。别人有时会认为我的有所保留是一种傲慢。恰恰相反，这是出于对他人的尊重：带给他人一些我认为不重要的东西（要是他问我的话），我会因此感到羞愧。

当我独自面对我自己，或在我与他人的关系中，我无法作出冷漠的姿态。我必须投入，即便不是整个自我，也至少是自我的一部分。

我很惊讶，大家都与我不同，我因此而难过。我难过，首先是因为他们不理解我所表达的内容具有深刻的含义。他们忘记我说过的一句话，或者漫不经心地对待我做的一件事。而在说这句话、做这件事之前，我曾犹豫了很长时间，痛苦地纠结与思考。而且，我会依据我自己来对他们的行为做出判断，要是我做这件事很有价值，那么他们做这件事也会具有同样的价值。因此我试图重塑他们的心理状态，以此来预测可能发生的结果。我虚构了无数悲惨的故事，但在现实里并没有发生。

我就是有这样的弱点，我无法满足于自己所获得的，也无法耐心地等待未来。我想尽办法去揭开未知的面纱。我带着一种巧妙的绝望，虚构一些最不被期待的未来。或者准确来说，我一件一件想象着未来发生的事，却始终将那些自己最不希望发生的事视为最有可能发生的。眼前的时光，我为此感到痛苦，因为它是确定的。我不会对自己说"可能"，可我会重新构建现在，我将这样的重构当作一个已然的事实……即便要以别的东西为基础来实现重构也在所不惜。

我完全失去了平静与自信。我无法一劳永逸地将一件事分类：我应该对雅克的友情深信不疑，每天我都会质疑这份友情，每天我都会思考其中一方面的问题，然后整日沉浸其中。最奇怪的是，我的思考完全没有逻辑性，我的假设也不以坚实的心理学论据为基础：我想到一种可能性，对它在理性世界里是不是最不可能发生也不加探寻，便深陷其中。因而凡事种种，我都有办法自寻烦恼。遗忘，等待，这些词对我来说没有任何意义。许多人都懂得将困扰自己太长时间的事件或者感情暂且放下，不再被这样的困扰折磨，从中完好无损地走出来，或许等到某一天，它又会重新焕发价值。可我做不到。面对一个上了锁的箱子，我不会边去忙一些别的事，边安心地等待别人给我钥匙，而是会牢牢地把它抓在手里，急不可待地把它颠来倒去，但心里十分清楚，这些动作都是徒劳，我根本无法知道里面装了什么。或许在别处这样是有用的，但在这里纯粹是浪费力气。只是我觉得，尤其是在情感上，这么做可以确保一种深刻、一种连续性，这才是别人所不具备的。即便在书里，我也很少读到像我这么执着的人。每一分每一秒都不违背自己的想法。我内心的一切都没有沉睡，一切都不需要被唤醒；一切都有着不同寻常的强烈的生命力；一切都存在着，无论从感情的角度还是理智的角度。我认为这才是我最本质、最区别于他人的特征。这一特征也解释了我为什么有好的记忆力——那些我认为重要的书、人、事件。我也几乎将自己所具有的全部价值都归因于这一特征。但同样也因此，我不是一个天真率直、心血来潮、无忧无虑的人。我总被自我与他人困扰着。

以这样的方式，我才能思考一切，才能通过不断地在脑中拉扯一切来厘清一切，才能认识到事物的各个方面，去丰富它们、转变它们。我也会惊讶地发现，当现实还保持原样的时候，事物已经经历了各种变化。

我认为这种习惯给我带来了许多痛苦与疲惫，但这也是我最美的光环。我并不认为它对所有人来说都是不可或缺的，我想到一些出众的人，他们也并不具备这样的习惯。可对我来说，没有这种习惯，我就一无是处。它让我与众不同，因为我的确相信，它赋予我一种力量，这是其他人，即便是那些最乐于思考的人都做不到的。因为它，我的生活才能延续，才不会任由那么多重要的事（道德的、心理的、感情的、知识的）从我的指尖溜走。尤其是我对自我特别看重，我认真对待自己有过的每个想法、感受到的所有情绪，我必须不断地强化这种习惯才能让自己满足。我不断地咀嚼那些想法和情绪、反复咀嚼，直到它们完全成为我的一部分，而它们自身则失去了生命力和趣味。我需要一些全新的、独特的想法和情绪，只要它们对我来说还是陌生的，我便会为之惊叹，但我又无法忍受对它们尚未熟悉……如此循环往复。

对自我的专注与思考使我能强有力地支配自己的生活。有些时候，我很热情，"重新变成了一个神"，我在地面上方翱翔。但即便枯竭的时候，我也懂得调整自己，把自己完全地抓在手里。我意识到——常常——我能自我满足。我不想说我毫不在乎富有激情的冲动，狂热的呼唤，对孤独的极大厌恶，哦！不。我的感情是炽热的、深刻的，因为那么强烈才会带来痛苦。我有时也会更喜欢他人，而不是自我！我也不再说尊重：有许许多多的人，我尊重他们超过尊重自己。其中只有一位是我付出了更多爱的。我所说的爱，是深层次意义上的爱。它颠覆了所有的价值，到了让我惊讶的地步：我亲爱的自我，竟然如此违逆你，但这就是事实。我并不觉得这样更好，或者更糟。我喜欢这样，只是因为我有能力做到，尽管我怀着极大的热情。因此，我对待所有事物的这份热情和认真，都夹杂着情感。不过，当然除了一些脆弱的时刻，这是经常发生的，我并不要求因此摆脱身上的重负，或者给我一个全新的活下去的理由。有时，甚至在伤心欲绝的时候，我都觉得终究无需旁人来替我承受痛苦，我为此感到骄傲和快乐，但正因此，我觉得自己是真的冷漠。不能混淆的是：我在感情上不自私，或者说一点也不自私。为了他人的幸福，我乐于作出一切牺牲，甚至觉得不被他所爱也是一种幸福，我彻底揭穿了这一诗句的荒谬之处：

爱，对一个女人来说，意味着别人爱她……[①]

我喜欢的是，别人不爱我，但我爱他。我只渴望付出。只是我不太需要接受爱，不太需要倚靠另一个人，因此会有一些冷酷（纯粹是智性上的）。其实，我的内心有两种不同的瞬间：一个瞬间是我单纯承受痛苦和付出爱，另一个瞬间是我不再痛苦，但继续付出爱，只是懂得如何爱、如何控制自己。我无法将这两个瞬间简化：第一个瞬间只是涉及我的感性（但我在痛苦的时候也保持着很强的尊严，我接受，我理解，我说："这又与你何干？"我并不认为他能为我做什么，而是我因为他而深受折磨）——第二个瞬间，我会心甘情愿地走向他，我始终保持着自我独立的意识。我会说我思考自己的情感吗？并不一直如此，也有些时候我不思考，只感受。确切

[①] 科克托，《波多马克》。——原注

地说，我在爱情里没有偏离自我，我更多的是吸引它，而不是走向它。即便当我放弃的时候，我的自我还是居于把握情感的中心位置，否则的话我甚至无法意识到放弃了自己。依然如此，这样既不会让我失去激情，也不会让我失去柔情，对他人的爱也没有减少。只是我因此无法品味到爱情的美好，无法经历巨大的毁灭（有几个晚上我曾经历过，但非常少）。能忘我地（通过放弃、遗忘，人可以做到在不遗忘自己的同时放弃自我）沉浸在爱里，带着更多的顺从而不是贪婪，那一定是件美好的事。我用深刻、认真、锲而不舍（我没有一刻不想念那些我爱的人：莎莎，加利克，雅克）、克己的真诚重新抓住了自己。但显然，我无法像别人那样用别的付出爱的方式去爱……

我为自己的敏感感到羞耻，这种羞耻带着一点伤心、苦涩的味道，以至于没有人会相信我真的觉得非常羞耻。正因此，我无法宣扬。我只能爱那些我偏爱的，这是迫不得已的，因为我内心的激情吞噬了一切。我付出了全部的自我。我回想起与这份激情相关的一切，我的爱意是汹涌的、小心翼翼的，不容他人染指的。当然我爱的人也极少（我爱所有的生灵，强烈地爱着，但只是对他们而言，不是对我，这份爱丝毫不会影响我）。但面对一份更伟大的爱，我会心甘情愿地牺牲所有其他的爱（莎莎）。我觉得这似乎是一种背叛，没有做好万全的准备去等待那个被我选中的人。（因为我并不认为关注他人，尽力对他们好，能被称为爱，爱只是在生活的行进中，目光始终注视着他们。而我一次只能看顾两个人。）

我毫不费力地敞开自我，我毫不费力地付出我的同情。而我自己并没有投入，我付出，哦！是的，我付出的是我身外的一些东西，并非我自己。

从智性上说，我享受着思考带来的陶醉感，甚至到了癫狂的状态。如今，我不再仅仅专注于那些我用自己的全部存在好不容易才提出的想法。我也欣赏他人的成功，但以比较冷静的态度（柏格森和瓦莱里）。我的想法，有时我会为无法运用它们、无法表达它们、无法使它们更明晰而苦恼。这也是我的一部分，只存在于自我得以确立的时候（在与他人的交锋中）。或许把这一部分留给我自己，我会予以重视。但还有那么多其他的事需要我！

我已经试着去书写，去言说……但学业、成功对我来说毫无意义……当我重新赋予我的思想或者我的行动以意义，我只会感到一时的快乐。而同时，这一切的虚无也向我袭来。

我厌倦了做这样的分析，我将继续研究自己的其他方面。

十月十七日

我去了团队，有很多活儿要干。但这些姑娘这么心平气和的，真让我反感。我无法让自己适应生活中发生的一切，反而让一切适应我自己，而且对此，我必须听之任之。这是自私吗？不，是对我自己的尊重。

雅克离我很远。他存在吗？

啊！生活太悲伤，无可救药的悲伤……①

哦，亲爱的！我的心碎了
痛心到无法怨恨你，我痛哭流涕，
你看，只有那夏日夜晚的忧愁在我眼里还是那么温柔，

---

① 10 月 16 日、17 日的引文都出自于勒·拉福格写于 1860—1887 年间的作品。此句出自《狂欢之夜》。——原注

漫长的夜晚，一切都是新鲜的，如同悠长的梦……①

哦，绝美的向日葵排成了一列，壮观无比……②

哦，人间的闹剧有何可怨恨！③

……伤透了的心回来了
为了这些不为人知的痛苦
什么，什么都缓解不了。④

星辰！我不想死！我有天赋！
啊！重又变得什么都不是，无可挽回！⑤
· · · · · · · · · · · ·

可我们只有漫漫无边的沙漠的一隅……⑥

因为它起码是一个谜团！我等待！我等待！
没什么！我听到时间正一滴一滴地掉落……⑦

哦！让黑暗继续在沉默中忍受痛苦吧……⑧

---

① 《七月夜晚的忧愁》。——原注
② 《大地之死的丧礼进行曲》。——原注
③ 《夏季星期日的黄昏》。——原注
④ 《小教堂》。——原注
⑤ 《深渊之光》。——原注
⑥ 《错位的好奇》。——原注
⑦ 同上。
⑧ 《大地之死的丧礼进行曲》。——原注

仅此而已！喔，大理石的维纳斯！虚妄的蚀刻画

黑格尔疯狂的大脑！令人宽慰的温柔副歌！

装饰一新的钟楼，耗尽了激情。

人把无用的胜利写进书里！

你儿子所生的所有怨气，

所有这些都是你的泥沼，你短暂的辉煌。

喔，大地，现在就像一个梦，一个伟大的梦。

走，去睡吧，都结束了，永远地睡去吧。①

于是，生命的悲剧花束！

沉闷幻灭的紫罗兰，

日复一日的灰色地平线，

还有我们堕落的地狱色调！

……幻觉，在其可怕的喧嚣中更加沉闷……②

我在夕阳中洒下悲壮的红色，

我在星辰之中因放逐而悸动，

我的忧郁拍打着大片的游云……③

哦！结束了！结束了！风在长吟，

万物枯黄，尘土飞扬，日子一去不复返。

地球度过了属于她的时代，她的腰再也承受不住了。

---

① 《大地之死的丧礼进行曲》。——原注
② 《彩画玻璃圆花窗》。——原注
③ 《恶性发展》。——原注

她可怜的孩子们，憔悴不堪，秃顶苍白，

因为过多地思考永恒的问题

在围巾的重压下瑟瑟发抖，弯腰驼背，

在雾气弥漫的林荫道上，在即将消失的黄色气体中

带着空洞无声的眼神，沉思着自己的苦楚……①

十月十八日

读拉福格的作品，内心思绪万千，难以平静。我从没有如此撕心裂肺的感觉。喔！我坐在去上乏味的希腊语课的公交车上，车上的一切都如此的无意义。我知道还有你，我的朋友，可你能为我做什么，我又能为你做什么呢？我只是我，而你也只是你，我们寻求的东西都是完全不同的！彼此留出一段互诉衷肠的时间——大家把这称为爱情，但会不会因此我们其他的喜好和追求就变得肤浅，不值得记住呢？我们会因为这样的限制而心怀怨恨吗？

你瞧，我质疑的不是你能否感同身受，而是若不思念对方的话，我们两个都是孤立的。当然，一个个备感疲倦、精神放松的夜晚，灵魂深处只想要遗忘、幻想，我想成为你心中的幻影，我也想你成为我心中的幻影。可一旦我们痛苦地意识到了自我的存在，那么我们就会明白，和自己同样可怜的另一个灵魂不会带来任何慰藉。

曾几何时，拥有他人的灵魂是我所有梦想中的秘密目标，在我看来，把他的灵魂与我自己的灵魂合二为一，我便能进入一块全新

① 《冬季落日》。——原注

106

的、令人赞叹的领地，那里安宁、没有烦恼。如今，我再也没有这样的期盼，别人身上的秘密再也打动不了我（而几个月前，我还惆怅不已：读到加利克、雅克的信的时候，与同伴们忧心忡忡聊天的时候。如今我若想走进另一个人的内心，那纯粹是为了帮忙，这种需要曾经驱使过我，但现在我再也感受不到)。

我内心的秘密也不再为我存在，我不再行走在阴影中，笼罩着我整个内心的冷静与清醒不允许我默默地期待去探究某些秘密……我知道自己是个可怜人，我知道其他人也都是可怜人，即便最富有的人也不例外，因为他们的财富再无用处。我再也不会对任何人抱有幻想。

只要我想象着取之不尽，用之不竭的宏大资源，我就会自信而愉悦地踏上探索之旅，我以为这将永无止境；我已不再需要定义什么。现在，我面对的是一无所有的自己。

我蔑视爱情，并非出于骄傲，若它来，我会一定会好好地迎接它，只是我太清楚它的软弱。他心中我的生命，和我心中他的生命，有什么发生改变了吗？或许因为哭得太多，我如今才这么无动于衷。但即便如此，我也依然爱他。只是什么？只是我们能走到哪一步呢？我对他的感觉从未像现在那么清晰。何况，我已经看开了一切，纯粹的现实确实是无法经受的，此时此刻，我很清醒，没有一丝一毫的狂热……

泰戈尔让我感动，在他的笔下，激情是无穷尽的，生命是无穷尽的，他把生命变成了一出复杂的戏剧，在一个神奇的地方上演。这比我所做的那些让人绝望的分析要高级得多。他的呼唤、快乐、痛苦中都带了点宗教的意味……在他眼里，一切都是有意义的，没有任何事物是无用的、无价值的，是浑浑噩噩地发生着的……然而，从中我也更加了解人心，更加明白自己经常反省的触及内心的问题，他把这些问题置于一个更高的层次，对它们进行游刃有余的剖析，它们不再是经历的事实，整个灵魂得到了充分的表达，有矛盾，有无数不能言说的秘密……要是我没这么困倦的话，我一定想好好研究一下。我只是抄写了一些段落，读这些段落，我仿佛听到了内心的呼喊……

拉福格对亲爱的人的抱怨！

（无论如何，我内心还是得到了平衡，我热爱如此痛苦的生活，或许这是一场骗局……）

十月二十日

母亲以为把我送到雅克家，我一定会欣喜若狂。每次从他家回来，我总会有些闷闷不乐，要是我能感觉他没那么沮丧，该多好啊！他跟我说了声"谢谢"，那么简短，那么轻声，明天我肯定会怀疑是不是真的听到他说过，但我知道这句话对我意义重大。幸亏我给他写了信，收到我的信，他很高兴。我万分确定，我折磨的只有我自己。

我现在对他的这种感情真是奇怪！他对我说，我们的关系有些别扭。这是他的顾虑吗？他难道是担心我把他所说的"友情"理解成了"爱情"？刚才在圣米歇尔大道上，我都明白了，我心里一直很清楚，我对他来说不算什么！我既不是"伟大的冒险"，也不是"理想"，我无法带给他任何无穷无尽的东西……而我呢，他跟我说起暑假里荒唐的生活时，我也没什么羡慕的，连我自己也没想到。我完全看开了，作了最坏的打算（何况我自己也不信）。"这又与我何干？"他是他，我是我。我们只是朋友，仅此而已！

啊！等在他家门口时战战兢兢的期待，暑假里的那些痛哭，都已经离我远去！我那时唯一渴求的，就是他的友爱。我得到了，这对我已经不再重要（我了解自己），我看重的是，他耗尽了我的温情。

这是我一生中最美好的事，以后或许也会成为我最纯真、最绚丽的回忆之一。我必须清楚地知道……

这份友情对我来说与爱情是对立的，几乎是摧毁爱情的一种方式。如今，他褪去了所有神秘的外衣，失去了很久以前的那种魔力。他的灵魂在我眼里也已经袒露无遗。我要感谢他，我做不到这么坦白，但正是这样的坦白让我不再将他视作我理想的爱情。他在我面前展现他原本的模样，是对我最高的尊重、最深的爱。这样做，干脆，潇洒，谦虚，勇敢。倘若他爱我——或者希望我爱他，那他只需要让我了解他一点点，如去年那样。现在，他对我如此坦诚，完全拿我当朋友。因此，我并没有感到羞耻，没有耻于曾经把所有对爱的幻想都寄托在他身上，而是尝到了这段友情带来的苦涩的味道，我看到了一个人原本的模样，包括他所有的脆弱和人性的可怜之处。而我还是会一如既往地给他写信，来看他。我驱散了心头对爱情的所有撩拨和所有期盼。但我的成就不如他，对男人来说，展现自己的脆弱没有像对女人那么容易。

一旦我有段时间没有见到他，一种复杂的情绪就会时不时地萦绕心头，既难过又平静，有些苦涩，并不带给人宽慰，但这种情绪是我如今活着的最重要的理由。分析的技巧会损害它，会让它失去独一无二的味道。我有感觉，再过几个月，这一切都会不一样……

在他的心里能占有一席之地，我的出现能让他高兴，想到这些，我的心就一片柔软。但我也感觉到，我们之间有一件事已经确定无疑，而且被死死地限定住了。我既暗暗地有些怨恨，又怀着真诚的感激，感谢他未曾给我带来过一份快乐。我意识到自己的无能为力，为此很苦闷。我对他有无尽的怜悯和柔情。还有我想到，他会继续走自己的路，我也会继续走我的路，而这段不可思议的亲密关系也许一年都坚持不到……

我的面前是真实的生活，没有幻象。十五岁的时候，我曾相信有一个完美的存在，强大、稳重、用他聪明才智和深沉的爱征服我——去年我甚至试图找到这个存在的化身……现在我知道这样的人是不存在的，无非都是芸芸众生。我永远无法依靠任何人，因为任何人，包括雅克，都与我没什么不同。互相之间也只能是同情而已……这与我去年隐隐约约感受到的相去甚远。现在这样更好，更有尊严——纯粹的自尊，如同梦中勾勒的那种可笑的"令人叹为观止的伙伴情谊"，不夹杂互相的爱慕，也许这正是让我不安的地方，我对他没有了爱慕之情。不过这也向我证明了，我过去陷得有多深。我依然记得去年那种绝望的感觉，我甚至还写下来过，所有的爱慕背后都是一场骗局（我当时用的是爱情，因为我把爱慕等同于了爱情）。当我透过行为、言语，抵达自己的内心的时候，其实没什么可爱慕他的，一点都没有，以前我这么说，现在我还这么说。无论在雅克的身上还是我自己身上，我都找不到任何值得爱慕的地方，一点都没有。（我会竭尽所能地还我们俩公道，可是……）

到底，他还是对的。一切都会自我表露，人们也能为一切找到理由。即便如此，我也会喜欢某种生活胜过另一种。他对我说，他喜欢一部优秀的作品，不会追问原因。画家有权利随意地画一条线，而我也一样，可以做任何事。无论他读的作品是好是坏，都没有差别，那我对生活的态度也是同样。也许这是一个关乎成就的问题，关于生活智慧的问题，与艺术的创作异曲同工。确实如此，至少这里都涉及了兴趣。我要告诉他这个想法……

我安心了，在他身上，我又看到了极度的一丝不苟，尽管有时我对此很怀疑。我们的关系变简单了，他也很看重这样的关系……或许真正的爱是与嫉妒如影随形的，而我，要是我见到伊冯娜·德·加莱，一定会把她带到他的面前。我什么都不需要了。我们已经到了终点，我再说一遍。确认过这一点，我想从此以后不再有暴风骤雨，不会像那天那么惊心动魄。

十月二十三日

唉！和过去一样的日子！仅仅两年！已经两年！我坐在宽大的皮椅里贪婪地读书，黑暗中只有一丝柴火的光亮……幻想也慢慢平息，我已经很久不知道对生活充满热情、充满信心是什么味道。现在我又找回了这种味道，我又感受着内心如冬日般的安宁与孤独……我真的老了！曾经展现在我面前的是生命无限的可能，而现在，却残忍地设了限：两条狭窄的小路，我必须不惜任何代价选择一条走上去，而其中一条又是那么令人厌弃，我只剩一种选择……身边的土地广袤无垠，我却一寸都无法踏足！因此，一切都变得那么清晰可见、不可避免，因此，我的生命已经确定，我只有一种生活！

昨晚的一切都是在期待中的，都是那么美妙：他的微笑，得体的言谈，大家在一起很开心。我在快乐中入睡，又怀着对快乐的悔恨醒来。我无法爱上快乐！

刚才漫步在冷冰冰的大街上，深深的绝望向我袭来，那种无法逃离幸福的绝望，让我痛苦不堪！唉！书本知识帮不了我，但我必须坦白地表达自己的想法。他想要结婚。但如果不是跟我，那我会非常悲惨；如果跟我结婚，那当然我会很幸福。我害怕，害怕等待我的是悲惨的生活，尽管我知道要我选的话，肯定会选幸福的生活。啊！我们两个结合，从此都不再孤单（那就只有两个灵魂彼此依靠，不忧心未来，沉浸在友情的甜蜜中），但在生活中、世界上有了新的位置，想到这，我痛苦极了！

或许我是自欺欺人，对这样巨大的失望，我几乎是期待的，可一切都把我向他家里推：对，就是母亲与父亲！平和、安心让我厌恶、令我心碎。他应该也是一样，这是我内心的声音。我感觉自己无法抵抗，我会沿着命定的路走向终结……我曾经多么希望生命之路慢一些，能好好体味朦胧的爱意。难道我们不能一生都维系原来的关系，而不是去创造新的更亲密的关系？有时，我的确渴望我们之间变得更亲近、更亲密。可我又担心为此要牺牲到怎么样的程度，担心牺牲是不可避免的！因为这样一来，我就失去了自由：我只能选择他，我的幸福，我的生活，就是他！啊！原本幸福、生活应该是所有的一切。我必须爱你，才不会恨你！

此时此刻，我想的不是他，而是我自己，我同情我自己，我要与所有生活强加给我的一切做抗争！

我们是如此的不同！他更像是个艺术家，满足于享受美好的事物，美便能让他觉得完满，他迷恋幸福，接受奢华，享受轻松的生活。而我想要的是不断吞噬的生命！我活在对自我的巨大厌恶中，一个月以来，我对知识和道德的苛求有所放松。我需要行动、消耗自己，需要实现：我已经习惯了刻苦、一丝不苟地学习，我必须有待实现的目标、待完成的事。我从来无法满足于那些令他满足的事物，要么就是为了讨他欢心，我会自欺欺人，把他的自尊和感情看

112

得比自己的还重要，但在内心，我会鄙视我自己——也许我会怨恨他。

　　昨日跟默西尔小姐聊天，我感到自己身上有很多财富，我要好好加以利用！在智力层面，在行动中，我能做的有那么多！这正是我去年梦想的生活！或许我之所以有这样的梦想，是因为我把自己置于生活之中而非生活之外来看待生活，这样做是不对的。以前我眼里的生活只是表面上显得高级，而我认为，我从前的冲动在于单纯地渴望我能爱慕我自己，就像我爱慕他一样。如今我不再希望自己能爱慕自己，但我不会停止尊重自己。我是否有权利卸下这些沉重的负担，它们曾经交付到我手上，要我交给其他人？为他牺牲我自己，这很好。但这种排他的偏爱是不是一种自私的表现？无论如何，我必须保持我自身，我的热情，我的价值，我的责任。可我觉得自己被他吸引住了，我会很没有出息地一心只知道追求幸福，并为自己这样做找到千千万万的理由！我知道，除了他，再没有一个人更让我中意！我知道，如若不能嫁给他，我将不会嫁给任何人，我觉得这样更好！……可我也没有力气干大事，这会多么空虚，多么让人难过。无论我做什么，我的生命都毫无价值。我不会回应别人的呼唤，不会实现年少时许下的种种诺言。我的热情已经被消磨！我的眼里只有他，我对一切不抱期待———对他还有一点点。我不会表达愿望，也不会去爱。我就是非他不可，多么残酷的事实！

　　也许，我有些夸张了，也许只是我要不要坚持的问题。他或许会接受我本能的一些需求——况且我会对他直言不讳——也许能够得到幸福就已经很不错了……

　　为什么在他身边，我的生命会变得空洞？我可以不拥有他，我也可以拥有他。必须学会在幸福初降临的时刻占据优势地位，也就是说永远不要让对我不满的可能存在。当然指的是他，假设他爱我，那么我若弄不明白自己身上到底是什么吸引他，也会很焦虑——这个问题不存在，他把我带进了他的生活，但仅此而已，一切都没有改变。而我，我赌上的可是我的全部！很简单，我将向他坦承我的顾虑，告诉他这些对我的重要意义，他要学会站在我的角度，而不是他自己的角度看问题。可是，为什么我幻想这一切的时候无法满怀热情？为什么我只能在渴求、遗憾、同情中才能感受到爱带来的巨大冲动？

我完全信任他，也相信他的内在价值。我害怕，有时是因为担心自己无法让他满意——我只是我，只是我而已，唉！我恨我自己。有时是因为害怕为了他，牺牲了自己的价值——无关骄傲。我没有任何的骄傲，尤其在他面前。我们之间除了众所周知的伙伴情谊之外，有着隐秘又令人痛苦的（默契?）①，这种默契散发着无可比拟的魅力。我经历的这些时刻，是我从不敢幻想的，无论如何……在一个明媚的日子里，未来变得明晰起来。

我没有写下的是，今晚在火炉边我用沉默的方式抒发着排山倒海的感情，内心欢快又温柔的波澜在起伏……

十月二十四日

昨晚，我执拗地坐在静悄悄的黑暗里，一下子明白了很多事。我生来就是为了抗争、为了付出努力、为了承受痛苦。很小的时候，我即便玩游戏也格外严肃认真。长大一些，我只钟情于克服困难的成就感。曾经，我幻想过把一切都转变成快乐；如今，我再也

---

① 西蒙娜·德·波伏瓦漏写的一个词。——原注

不会沉迷于自己的幸福。行动，付出自己，不浪费，面对生活挺直腰板，这些才适合我。

可若我是强大的，我会强大到足以承受幸福吗？张开双臂，迎接直击内心的热情，我问自己，为什么会如此厌恶这些简单而又极大的愉悦？我接受痛苦，这很好，可我有没有能力接受快乐呢？我如此崇尚明晰与真实，那么在对苦修的情有独钟里，是不是有什么是完全不切实际的呢？为何要拒绝一切，把一切都变成苦难？不是因为我爱抱怨，对自己没有怜爱之心；也不是因为我的心里没有任何的道德准则。之所以有这样的倾向，或许是因为直至今日，我付出过心目中最美好的热情，收获的却是苦果，而我感受到的只不过是一些平平常常的欢愉而已……不过除了阅读《爱人》……在卢森堡公园度过的那些宁静的夜晚……一切都取决于快乐或是痛苦的质量。我必须足够强大，才能承受住不消耗自己一丝一毫的精力……

我生来就不是为了奢华。我真正需要的，是精神上的完全独立和最基本的生活条件。与金钱、社会环境都没什么牵扯：我亲手创造自己的生活，只属于我一个人的生活。我不能说这样更好，我只想说这适合我。可我爱他……

为什么他突然说出要结婚的话？我那么强迫自己不要去想这件事！我那么喜欢这个当下，可以不用考虑未来的当下……可这个可怕的念头再次走远……走远的还有他的面庞。我真的不太需要他，在有些时候；我真的不太需要任何人……一般在这样的时刻，我都会写手记，这也是为何这份手记会与我本人大相径庭。

我重新爱上了脑力工作，内心获得了平和与安宁。莎莎肯定要来了，我想告诉她我的心事……雅克，莎莎……有些时候，我还是很幸福的……我是不是终究还是没有权利获得幸福？

十月二十七日

前天，我拷问自己，巨大、极大的幸福，是不是就是这回事？并非令人开怀的喜悦，而是对生活作出沉重的妥协之后，一种确信的甘甜？我觉得就是这样……

现在，看着、尝试着其他一些对我来说可能的生命形式，有一种一开始让我讨厌，因为从表面看过于简单（十月二十三日），却又是最合理、最好的一种。而且，我必须说，我所看到的关于雅克的一切几乎都会让我不舒服，比如他的游戏人生、他的懦弱，比如他的不靠谱（终于说出了这个关键词！）。一旦我冷静地思考，好好想一想，我就会得出这样的结论。并不是我的心思全在他身上（如我那天所说），我也看到了自己身上他曾向我指出的一些事实。我不会走上这些老路，也不会利用这些来达到同样的目的，只是明白了而已。

还有行动……我会做一些团队的工作。去年，这在我眼里还不算什么！任何其他生活跟在加利克身边的生活相比，都让我无法接受（可那天散步的时候，我的幻想破灭了，很沉重，尽管我不愿承认）。现在，我已经没那么看重这给我带来安慰的馈赠；况且，这一直是我的想法，我还是支持巴雷斯。但以前我未曾感觉到这个想法的巨大威力，只是从我投入进去的那一刻才发生了变化。当然，我会竭尽所能，全身心地投入，能为其他人做点事，发挥点自己的作用，我会感到很幸福。但行动的狂热，得到满足的热情，这些我不想感受。我也不想要一种由幻觉带来的飘飘然，尽管会给人带来安慰。我完整地保留了自己感受痛苦的能力……还有脑力工作。第一次上逻辑课的时候，我没再体会到在思维的大海里沉醉的感觉，真是遗憾。都过去了：总有些东西，是我感兴趣的……不过知晓和讨论那些空洞无物的问题真的会带来一种优越感吗？我由衷地希望科学的价值和重要性能得到彰显，而我的内心则更有意思……（今年的）生活，我选择过得很充实，我不能再因此而自满（而我去年冬天最大的快乐也在于没有一秒时间是空闲的）。我很为自己高兴，用个人的、社会性的工作取代了日常的琐事，不过这些在我眼里只是高级了一点罢了，其本质没有任何差别。对这一点，我与去年的看法完全不同……我想找回的，是曾经赋予我活力的内心状态，我想经营的，是这种全新的爱……除了偶然几次，我把自己抬得太高，以为自己可以掌控一切，包含着一种同情心（当我又变为神，哦，我的爱人，哦，我自己），每每我不那么需要你，我的朋友，都是在我自我贬低的时候，在迷失自我的时候。

需要你，不是说需要真正地见到你，只是需要感觉自己离你的灵魂很近。

灵魂得到基本的满足时，可能会害怕一种更为热烈的圆满的状态。有时必须接受这种几近冷漠的态度（因为持续的狂热会将新生的精力消耗殆尽），但是直至欲望平息，灵魂都要知道自己可以做得更好，它必须等待，它必须知道自己的状态是暂时的……有时你几乎是一切，而有时你在当下却不存在，这样的时刻往复交替，真是神奇！然而，我的内心却出奇地忠于这样的状态……

> 人的一生有两大悲剧。一种是没有得到自己想要的，另一种是得到了自己想要的。第二种则更为糟糕。第二种才是真正的悲剧。
>
> ——奥斯卡·王尔德[①]

---

① 引自奥斯卡·王尔德的戏剧《温德米尔夫人的扇子》。——原注

真想不到穿着深蓝色布裙，站在昏暗的窗边读拉马丁的人的灵魂死去了……她曾为生活的快乐、掌控一切的快乐而笑得合不拢嘴（我曾试着用一把漏勺舀汤）。

真想不到我这么喜欢没完没了地聊天，吐露自己的心事，开玩笑！没想到我会这么贪恋享受一切，不愿错过一点点零星的快乐！

真想不到那个去年用满怀深情的崇拜来解决一切问题的人的灵魂也死去了！她曾自以为做出牺牲，放弃了，却不知最痛苦、最值得称颂、也是最合理的行为，是接受。一种迫切地成为自己、过自己的生活的需要，不会折磨她。她曾用幻想这件美丽的外衣包裹了所有人！我很清楚，美好的那年，我再也找不回你！而我现在彻底地清醒了，而且很积极。很好！或者说，我认同了。我不会为唤醒我已死的灵魂做任何努力。但我会为贫瘠的内心带去与从前同样的活力。不，我不能浪费自己身上的任何东西，我不能任由自己活着（或许是因为我还没那么疲倦）。我知道要以什么样的理由振作起来，我不会对这条自己信服的原则做出解释……

我并不认为一切都能归结为形而上的问题。或许人们可以相信一切，对一切说一声"有什么用呢"，但事实是，我的内心一直有个声音在命令我。我敢肯定，人们会认为这个声音毫无意义，可比起我为这个声音所作的一切解释，声音本身包含的意义更多。

（其实，像我这么理智的人，就不能冲动，凭本能行事？有件事很奇怪，我在感情里掺杂了理智，在思想中融入了直觉。）

我不太用科学假设的方式来思考道德，不会把它当成一种符号表征。我选择，或者说我不得不，把道德当作一种无法论证的公设，我只能认为它是给定的。在此基础上，我尽可能地建构一个符合逻辑又稳固的体系。有许许多多的公设可供选择，标准——完全是个人的——还是比较明显的。最重要的是，不要在结果上犯错（无论是思想还是行为）。会不会有人说，这样的道德是虚幻的，因为它不具备唯一性？可并不会因为除了欧几里得公设之外，还可以构建其他几何学，就此认为欧几里得公设是虚幻的。它具有一种实用性（以该词最具科学性的意义而言）和代表性的价值。还比如说原子论：一切的发生犹如……学者们都非常清楚这只是一种典型，但会把它当作一种客观的现实来对待，任何一位严肃的学者都不会想到要去指责科学仅具有象征性。

我对此的感受是那么强烈！我要告诉其他人，这对他不会有任何意义！因为一个结论，是无法与得出结论的整个过程相割裂的。

王尔德的《意图集》[①]简直就是神作！

雅克还是一意孤行地想要在绝对中构建，他应该会践行康德[②]的理论。在这条路上，他永远不会有什么成就……除非他能找到一种深深的信仰……或者他在无动于衷的顺从中沉沦。

十月二十九日

我背弃了一切，我放弃了一切。我想要读一读《地粮》，我想要活着！我要活下去……我放弃了自己，我任由一切坍塌，我又开始了一件新的事，我不再顾及道德观，我再也不力图做点什么，我想存在，存在。我亲爱的自己，这是一个令人兴奋的夜晚，我向您承诺，一定会好好爱您。啊！今天早晨穿过仿佛重回春天的卢森堡公园，我是那么渴望能够践行这个承诺。我们一定会很快乐！我不再分析，不再思考，我心里积攒着情感上、思想上的种种纠结。我

---

① 随笔集，于 1891 年出版。——原注
② 西蒙娜·德·波伏瓦正准备去听莱昂·布兰斯维克（Leon Brunschvicg）教授关于康德的《纯粹理性批判》的课程。——原注

任由生活失去控制，我很想看看会发生什么。啊！竟然在我身上也产生了好奇心！去年我过得非常精彩，那是肯定的，充满热情，也犹如苦行一般。我经历了一段只用理智的生活，我曾在自己身上创造了一个神。而今，我把这一切都记在心里，我尝尽了放弃带来的苦涩之味，如今的存在真是无滋无味。我放弃了。我不守信用。我是不是疯了，才会在十八岁的时候就表明了自己的立场，信誓旦旦地说永远不会改变。我必须经历过多样的生活才能选择。我不应该这么早自我限制、自我贬低！我想走出自我的小圈子，认识别的人以及了解他们的存在。我想把那些充满轻松、欢乐或泪水的美妙日子统统收集起来。一场惊心动魄的冒险摆在我的面前，我要加入。从昨日起，我就活在不真实中，而真实，我不想去弄明白，也不想去寻找。索邦的学业，冷冰冰的哲学演讲，已经再次成为我肩头的重担。我会摆脱这些，继续整年沉浸在自己奇怪的梦里。将会发生什么呢？我不知道。或许有很多的厌倦，幻想的破灭，撕心裂肺，不过都无所谓。重要的是当下，当下也有着出乎意料的美。我没有权利让当下溜走！……

昨天整整一个白天！先是前一天晚上在利普咖啡馆遇到了雅克，我的心沉重到了极点，嗓子都哽住了，发不出声音。黑夜里，我泪流不止，因为这场我自以为在他身上感受到的爱情，或许错了，或许从来没有，压得我喘不过气来。我曾那么急切地向他付出我所有的柔情，而他的温情让我备受煎熬。我狂热过，患得患失过，也曾感受到幸福。

不，完全不是这回事，也许实际上就是这样，正因为这样，今天在他家度过的这个下午才会对我来说这么有诱惑力，暧昧不明的、令人痛苦的、不切实际的诱惑力，而且与以往完全不同，从未有过。首先，听他在我面前侃侃而谈，我待在那里，默默地、心甘情愿地见证了他的整个生命。这也证明在他心里，有一种不同寻常的信任或是不同寻常的冷漠，不是对我的爱，而是对我的想法，这样的坦诚纯粹又突然，可他又觉得再自然不过。而我却在我的爱、成见、想象与事实之间左右为难，在直觉和理性判断之间摇摆，我害怕一切未知，我觉得未知是完全脱离我的，在另一个完全不同的范围里活动……我不知道；我也不会去分析……我知道，他把我当作亲密的朋友，同性的朋友，我任由自己躺在长沙发上，一言不发，我的内心是愉快的；我知道，从此只能作为他的同性朋友，不能过多地参与他的生活，我的内心是痛苦的……我知道一切都远去了，放开了；我知道我没有勇气说话，也没有欲望说话或者思考，我知道当他留下我一个人的时候，我已经到了极限。我的眼泪喷涌而出，止都止不住；我很开心能在这里，似乎从不敢相信能这样，与他独处，他应该也知道。我担心马上要走上的那条路，我从不敢说出口的爱，我的犹豫不决，一切最终都……变得筋疲力尽的，而且，即便他在我面前，我也很低落，呜咽不止。可又没有勇气就这样逃离……

他又回来了。立马展现了另一面，不再矫揉造作，不再谈论金钱，不再有那种让我感觉他要结婚、我浪费了一切的氛围。我再次相信，都结束了，这对他没有任何精神上的触动。他答应介绍德布里给我认识，我讨厌他对雅克产生的影响力。要是我觉得他没有魅力，不能让我理解，那我一定会恨死他。让人感觉美妙的是，起初他在我面前完全是无拘无束的，他把我当成一位可靠的朋友，不需要任何顾虑和讲究，然后又慢慢变成了一种共情，一种默契，一种理解，他不只把我当成了同伴。他自己也说，我们做成了一件前无古人的事。我们之间的感情似乎已不容置疑，所以做什么都不怕伤害它。之后朋友们来了，大家聊着天，安安静静地，东拉西扯。我们俩也回家了，和以前一样互相道谢。我们走在拉斯帕耶大道上，藤田嗣治①的画那么美，那么美，雅克走在我的身边，跟我说着他自己的事。我突然觉得他出奇的谦卑、平易近人。在我被他的反反复复弄得不知所措、因此生气恼怒之后，我惊讶地发现他竟然愿意让我完全地理解他，我惊讶地发现他既不再吊我的胃口，也不再执着于赢得我的爱慕。的确，我不确定自己能为他做什么，但我确信他一定非常爱我，他看到我也觉得很幸福。我确信我不单单只是他的伙伴，所以我才这么惊讶，他抛却了道德上的矫揉造作，不再装出一副单纯把我当作伙伴的样子，他抓住每一个机会跟我说一些贴心的话……总之想要去定义这段友情的性质，是毫无意义的。这比我之前期盼的还要好，因为这会达成一种平衡，尽管艰难且稀奇，但非常牢固。没什么可说的，我不单单走进了他的灵魂，还走进了他的生活。我知晓了一切（正是与他一起在长廊上度过了一个下午，让我明白并证实了一切），我认识他的朋友们，他还答应介绍其他朋友给我认识，我们一起出门，等等。我原以为我只是徘徊在他的生活之外，多么巨大的拓展！这是怎样一种构想生活的全新的方式！我接触到的都是实实在在的东西，我发现的都是从未想象过的世界。我的存在观起了变化，甚至可以说被颠覆。

　　我沉醉于他带给我的影响。我起初并不害怕被影响，我会自己慢慢摆脱，就像我之前摆脱了加利克的影响，丰富了自我。其次我既没有力气也没有意愿去抵抗，内心的贫瘠、慌乱不会持续太久。我尝试过延长过去，调和一切不可调和的事物。我会经历其他一些事，即便肯定比不上我去年所经历的，那在眼下也是有意义的，因为是一些不同的事。"奈带奈蔼，别停留在与你相似的周遭。"不，

---

① 藤田嗣治 (Léonard Foujita, 1886—1968)。——原注

我会停下，即使不那么年轻，即使不在那如梦如幻的仙宫门口。所有这一切，其实非常普通，却是不真实的、不可思议的，或许只是因为雅克处在中心，理想在他所触之处蔓延开来。

现在已经不是讨论这些的时候了。他现在做什么都可以：我曾经那么痛苦难过，白白遭了那些罪，我对他的爱不会再减弱半分。我爱的是他，不是他的行为，不是他的思想，更不是我心里为他勾勒的样子。我热烈地希望我的理智能与我的内心和解，可是……甚至今天我已经无所谓了。他想成为什么样都可以，他只要是他就足够了。

（也许今晚，我会重新获得那天的能量，我需要付出我自己，所有深藏在我内心的东西，太好了！当我感受到这种需要的时候，我会回应它，我将一日复一日地回应我所有的需要……）

（但至少，我是真正地明白了，因此体会到这种精神状态；而当我不再明白的时候，我也要记得这一切，不要埋怨。）

都不重要，我沉浸在我们的友谊中，乐此不疲……

十月三十一日

这个月的最后一天，有那么多东西要写！

昨天一天：读傅尼耶与里维埃书信集。做计划。搞定。

我又见到他了，如我意料中那样，我有些不在乎，因为我们之间发生过太多的事情，以致共度的几个小时已经成为一种甜蜜的习惯（当我们不是独处的时候）。难道是因为这首无关紧要的小诗？他给我读过，我竟然惊喜地得知他就是作者，我的内心突然不自觉地渴望爱上这位作者（我需要问他吗）。我心中涌起了一种普遍的感动，正如那天在公交车上读拉福格的感受一样。这些句子为何总在我的心头回荡：

等待

穿过一个个夏日……①

总触动我柔软的内心，让我在地铁里流泪？我曾对所有人都怀着深深的同情，还有他们永远不会实现的梦！我那天冒着雨走在讷伊孤零零的街头，痛苦地泣不成声，不明缘由地，几乎没有想到他，迫切地渴望躺在朋友的怀抱中——这是一颗沉重的心破碎时的哭泣，但在无尽的忧伤中依然带着期盼，或许还有甜蜜！以及看着眼前淋湿的长椅心中涌出的伤感："不能再坐了，所有的长椅都湿了。"②湿透了的枯叶似乎也在乞求我的怜悯……我要把这些记下来，无论如何，这些都是我生命的一部分，可我无法描绘出那些幽静街道的味道，它们已经与我的眼泪融为一体。

今晨却恰恰相反，一样下雨，有风，可卢森堡公园却令我陶醉，里面空荡荡的，似乎是为我一人准备，让我尽情享受这湿漉漉的秋日，并把它变成热烈的爱……

一种启示，巨大的帮助，这本熟悉的书，我狼吞虎咽地读了前半部分。必须读完它，然后再读一遍，再读一遍，重读再重读，静静地思考每一页的内容③。再也不需要像纪德或者巴雷斯这样的大师：一个活生生的例子就在眼前，狂热、热情、美丽。有些关于我的事情，我已经明白；有些话，我希望我已经写过；有些话，我几乎写了；还有一些，我总是想着要写！通过他们的生活，我看到了自己生活的样子，欲望、希望、承诺从房间的各个角落升腾起来，让我心动不已。

---

① 出自里维埃与阿兰-傅尼耶的《书信集》，1905 年 9 月 20 日。——原注
② 拉福格，《冬日来临》，见《最后的诗》(1886 年)。——原注
③ 这里指里维埃与阿兰-傅尼耶的《书信集》。——原注

他们俩，我更喜欢谁？傅尼耶的信整体看来更加放纵，更富情感，也更为当下而写——但里维埃写的几封关于克洛岱尔的信（尤其是第一卷末的那些）是真的妙，完全超越傅尼耶所写的。至少我说不出更喜欢谁。这些信对我有着更重大的意义。我喜欢里维埃，如同喜欢我自己，带着苛求和清醒，也很安心，感觉非常亲密；我喜欢傅尼耶，则如同我喜欢莎莎或雅克：带着更多的愉悦与放纵，却没有我喜欢里维埃的那样强烈、独占。更让我满意的是傅尼耶，从某种意义上说，我更喜欢他，我非常喜欢他……诚如一个人可以更喜欢别人，而不是他自己。

我不研究这些信件，也不做摘录，我只想获得第一印象，以及这些信能带给我个人的一些东西：

一种对生活的品味，一种正慢慢觉醒的、对生活的热切期盼，一种单纯的活着的欲望，不考虑道德的束缚，不试图利用、实现，尤其是不愿用一种教义、一种明确的规则来限制自己。唉！去年我差点丧失了自我，我想要为自己设定一个理想，并剔除不符合理想的东西。而今，我不会剔除任何东西，我会接受一切，甚至不尝试作出让步。这一切都会因为我活着这一事实本身而趋向一致！

所以前天，当我走在香榭丽舍大街上的时候，我那么渴望过一种放纵的、简单的生活，所以我逃离了这些已无任何意义的条条框框，但我也没有了激情，只是寻找一种简单的快乐。而今，我想把每一分钟都变成动人的爱慕之情！从前，我被庸俗的生活和芸芸众生淹没，我并不明白，重新为人的时候，我并不会因此放弃狂热，放弃自己从头开始创造的生活，而必须去承受它！明白了这一点，我的内心又重燃了快乐和热情。

我对人生路上出现的一切付出了所有的热情，而你却将这腔热情用来清除人生路上的障碍物。我把热情耗费在偶然和无序上,你却用来分类和制定规则。①

是的,按照傅尼耶指出的对立,我不会想方设法地去疏通我的人生之路,而会付出我所有努力去将它填满;我不会将生命集中在自己身上,而会伸出双臂抓住一切。(我若能随心所欲,那么我会重读一些书,做一些摘抄,但我想等待一个重要的夜晚,能够独自一人,被作者感动,与作者发生共情。这是很久以来的第一本书,带给我这般如痴如醉的感觉⋯⋯)去年,我痛苦地发现了自我,征服了自我。这是一项伟大而神奇的工作。我把自己紧紧地抓在手里,对我来说,挖掘自己已经不够了,必须去找新事物,累积新的情感、欢乐、悲伤,少作分类,或许也要少作分析,尽管我是一个有条不紊的人,既有激情也不乏理智,而尤其重要的是,根据傅尼耶指出的细微差别,我要让自己在每个时刻上多驻足一会儿,"牺牲与朋友的谈话,而继续与陌生人的对话"。我需要新的养分来领会书中的内容。

我想要:阅读,我最近已经不再做了,要像去年那样阅读,做摘录,热衷于此。我想要:爱,爱每一个人,爱越来越多的人。我想要尝一尝夜晚、大雨、伤心的清晨的味道,看一看它们的颜色,嗅一嗅它们的芬芳。我对一切都不拒绝,有更多的生命形式要去实现,要做出更大的牺牲,要存在。

(他美好的形象在激荡我的汹涌波涛中雀跃。我本想与他一起承受这些强大的冲击。我对他说:"在我冷静地思考之后,在不考虑我对你的爱意的前提下,我坚信要是你能把整个真正的自我融入作

---

① 出自傅尼耶写给里维埃的信,1906 年 3 月 21 日。——原注

品，包括你的绝望、坚持、信仰，就像回应一种迫切的呼唤那样，那必定是一部了不起的作品。"我对自己也作出了评价，我在思考方面是有很强能力的。我很聪明，可以把问题看得很深，但缺少感性和独特性……并不完全是这样，我对自己的判断还是有所保留。至少目前来说，我只能够好好活着。但他是有能力的，他有做成这件事的充足的时间，他应该要干点什么。）

我随心所写的这一切，我必须拿出一整天去认真地想一想，同时有傅尼耶和里维埃做伴。或许，我才记写得这么频繁是不对的，记录太多即时的感受是不对的。我应该做的是：每天记录下这些细碎的琐事，像傅尼耶那样，他给我做了榜样，尽管这些小事对我并没有那么重要——记录下自我的瞬间起伏，记录下一切。一周（或两周）做一次总结，确定，思考，不要允许自己放过任何一个细节，就如同我要向另一个人解释一样。

现在，我总结一下这个十月：1）它带给我的；2）我从中获得的。

1）要弄清楚它带给我什么，我可以重读我自己。但是让我感兴趣的是直到现在还能记住的那些。很清晰的、位于记忆中心的，是我与雅克之间的友情（我回忆起来更得心应手，因为未来的两周，我不会见到他——正巧，我也不敢总是去找他，我本不愿意远离他）。

一开始，是狂热，激情，不能忍受无所事事。我需要的是另一样我认为他无法回应的东西，如坐在卢森堡公园长椅上、沐浴着初秋阳光中的一次等待，我被这样的需要折磨、打败。我从清晨开始便对漫长一日产生厌恶，但还是必须活下去。

还有我痛苦地接受了他的友情（唯一的一天，而我没有得到回报：当他递给我信的时候，我还不知道这段完美的喜爱在生活中会如何发展）。

再者，我因为依稀可见的未来而与自我做斗争。我怀疑并感觉这件过于美好的事物会突然崩塌，我们却只能承受这一切。

如果不要想太多的话，这样的友情是生活中一段能带给人安慰的奇妙经历，如在晚上七点钟看了藤田嗣治的一幅乳白色背景的画。空气出奇的温柔，而他，单纯得让人心动。

正是这天夜晚，我变得平静、幸福、自信……

和莎莎也恢复了亲密的关系，有天晚上我们一起在杜伊勒里花园散步，一起坐地铁从讷伊回来。

我的生活是智性的生活，没有太多激情。我足够地感兴趣，只是为了表现出足够感兴趣的样子。我在讷伊又交了几个朋友。和勒鲁瓦一起在前厅散步，他总是对我有所期待。这些冷冰冰的教室今年在我的生活中一点也不重要。不过在哲学课上，我发现默西尔小姐笑起来非常好看，散发着智性与优雅之光，我看得出神，有时甚至忘了听她在讲什么……

与团队还是保持些许联系，但它们不能带给我任何东西。

阅读。

比较无聊，也没有好好读书。马拉美的诗歌看得太快——我很喜欢《巴纳布斯》和泰戈尔的《采果集》。说到巨大的启示，还是要数拉福格的诗，我会继续读、反复读。我对这些干巴巴的阅读有些厌烦。十一月，我会继续受这些诗歌的毒害：魏尔伦、拉福格、兰波。

我的内心深受打击。孤独、孤立无援的假期，真的让我心力交瘁。我不想一切从头开始，但这又是那么迫切。有些时候我很生气，气自己无法让过去复活，却想尽办法创造美好的现在。只剩下这些强烈的情绪（不过与巴雷斯一起在杜伊勒里花园散步，沿着香榭丽舍大街回来的时候，我已做了绝妙的概括）。

2) 对生命的理解更为宽广，渴望别的东西。我重新掌控了自我。我彻底摒弃了假期之前的那个自我身上尚未摆脱的所有空虚的部分。我因为所获得的财富而变得坚强，我走上了另一条路，一条能更好地利用这些财富的路。

我认识了自我，尽管尚未完完全全地认识，但已经抓住了最重要的一些方面。我必须继续深入这一认识。

夜晚

我有点累，停下了思考。我只是记录：读这本书真的让我陶醉，我愈发地发现自我，发现他。我想与他一起阅读，与他一起讨论。

我去影院看了《瓦妮娜》[①]，透过敞开的门看到娇小的新娘，一道白色的身影，无与伦比的圣洁，而镜子里若隐若现地有一张瘦削的脸……两只手臂靠在门上，被一个沉重的白色东西拉着，画面绝美。她呈现的是背影，一头乌发散落在银色的连身长裙上，这一幕比前一分钟看到的她的脸更为美丽，她在祭台底下，神情沮丧，镜头渐渐拉远，在黑漆漆的楼梯上，长裙最终消失了……我还很喜欢在阳台上出现的两张面孔，巨大的窗玻璃，映照出一个个小人物惊慌失措的样子……

还看了《时光流逝》[②]，细节做得很好。我很喜欢其中朴实的质感和分寸感：脸上露出一丝厌恶的女人，立马朝水手露出并不苦涩的微笑——一开始，她的脚步让人揪心，当她微微缩紧双肩离开

① 由安图尔·冯·格拉赫执导，阿丝塔·妮尔森主演的电影，改编自斯丹达尔的作品。——原注
② 卡瓦尔康蒂执导的默剧，受到超现实主义的启发。——原注

的时候，这里的表现比任何评论都更动人。还有傍晚时分卖报人的疲态，确实如此：甚至没有一声叹息，也不会停下休息，这才是沉重的工作之苦，而第二天，一切又将重新开始……

还有从汽车上下来的一幕，我们只能看到脚，一个大洋娃娃掉进河里。这个洋娃娃已经被遗忘了，直到她突然悲惨地出现在路边，被人遗弃，被人踩扁——有让人头晕眼花的热闹集市（红的、蓝的一闪而过）——跳着舞的男男女女——桌上的一根蜡烛——夜晚，宽敞的路上巡逻军官小小的身影——死去的卖报人。让人赞叹！

我本想对这部影片好好分析。我不太懂，但我觉得是一部很好的影片。我的眼前会重现那些短暂的场景，令我感动。

我要再读一读傅尼耶和里维埃。

我需要不断地将昨天与今天做对比，太神奇了！我重读了假期快结束时写的手记，这样我才能看看自己是如何适应的。

"我太害怕……"不，没有危险。我已经走上了一条与从前完全不同的路。我其实更喜欢"平平淡淡的真诚"，会有新的灵感迸发出来。

"接受所有的责备。（这一点，我觉得自己从未有勇气做到）。"是的，我会有的。我爱他，而并没有那么崇拜他，我希望他了解我，更胜于他赞同我。（也许我这么说，是因为我知道只要这份爱没有减少，在他的感情里不会有责备的位置。）我们的友情是如此坚固，完全可以对彼此坦诚。

"假如偌大的幸福从天而降，学会面对它。"我今天一直反复说着这句话。

"没有什么是可笑的……"正是为了把这句话变成事实，快乐才会诞生。

啊！纪德！纪德！我重新读了他的几句话，对这几句话，开始是欣赏，而后是鄙视，但无论如何，我将要体验这些"地粮"！

重读纪德。热情重燃。

十一月一日

我重读了暑假写的手记。哦，我多么想重温那些痛苦的日子！我多么喜欢那段时光，有了这段时光，才有了今日这一天。一切都实现了，正如我期待的那样，甚至我都难以相信这是真的！特别是在九月十六日，我写道："我渴望的幸福是一种与痛苦如影随形的幸福，一种仅仅由痛苦拼凑成的幸福……"正是如此。

独自与野蛮人作战，没有书，没有朋友，当时是多么痛苦啊！不过最后我终于解脱出来，只是不知流了多少眼泪！现在这个问题已经解决了。表面上我看起来和大家一样，没有人会再担心我了。但是我去年十月份曾遭受了前所未有的痛苦。不过我懂得如何说些让人安心的话，怀着沉重的心情大笑，对那些在我眼里毫无意义的东西装出一副兴致勃勃的样子。最重要的是，我懂得如何真正做到这样，而不在自己心里留下任何印记。难道不是吗，我可以在别处获得力量！

两周计划

（十一月三日星期三——十一月十七日星期三）

十一月三日星期三：瑟瑞书店①——索邦大学（大约上午）；

下午：写论文至少四小时——阅读；

晚上：阅读里维埃、傅尼耶。

---

① 主要经营艺术类书籍的书店。——原注

十一月四日星期四：早上：论文。

下午：到圣热娜薇耶芙阅读——论文（利亚尔，罗素[1]）；

晚上：阅读。

星期五：有安排——晚上写手记。

星期六：早上：论文。

下午：论文，参观卢浮宫。

晚上：阅读。

星期日：早上：论文。

下午：去布朗日家[2]。

晚上：阅读。

星期一：早上：研读《希腊思想家》；论文。

晚上：阅读。

星期二：早上：论文。

晚上：阅读。

星期二：早上：阅读。

下午：论文，研读亚里士多德（或者逻辑学）。

晚上：休息。

星期三：早上：阅读。

下午：论文，研读亚里士多德（或者逻辑学）。

晚上：休息。

星期四：早上：去阿森纳[3]。

---

[1] 路易·利亚尔（Louis Liard, 1846—1917）和贝特朗·亚瑟·威廉·罗素（Bertrand Arthur William Russell, 1872—1970）是逻辑哲学著作的作者。——原注

[2] 玛格丽特·布朗日，德西尔学校的同学。——原注

[3] 阿森纳图书馆。——原注

下午：（希腊语翻译练习？）。

晚上：去美丽城。

星期五：有安排。

星期六：早上：阅读（希腊语翻译练习？）。

下午：论文，亚里士多德。

晚上：阅读（希腊语翻译练习？）。

星期日：阅读——休息——为希腊语课作准备。

十一月十五日星期一：研读亚里士多德——晚上：阅读（论文若没
写完，继续写论文）。

十一月十六日星期二：论文或研读亚里士多德。

晚上：论文（若论文写完的话，阅读）。

学习：完成一篇论文。

每一门课的逻辑书。

希腊文——阅读策勒、贡珀茨、凯尔德、布洛夏尔、克鲁瓦
塞[①]，不做笔记。

阅读：可能的话读兰波、拉福格、魏尔伦。

绘画：卢浮宫，还可以去卢森堡公园，毕加索、藤田嗣治的画展。

要预留出时间，以防突如其来的事情！

艺术除了表现它自身之外，不表现任何东西。它和思想一
样，有独立的生命，而且纯粹按自己的路线发展。它在现实主

[①] 爱德华·策勒（Eduard Zeller, 1814—1908），西奥多·贡珀茨（Theodor Gomperz, 1832—1912），爱德华·凯尔德（Edward Caird, 1835—1908），维克多·布洛夏尔（Victor Brochard, 1848—1907），莫里斯·克鲁瓦塞（Maurice Croiset, 1846—1935），均为哲学史专家、古代哲学与现代哲学专家（研究古希腊思想家，如柏拉图以及康德等）。——原注

义的时代不一定是现实的，在信仰的时代不一定是精神的。它通常是和时代针锋相对的，而绝非时代的产物。它为我们保留下来的唯一历史就是自己的发展史。有时候，它回过头去，踏着自己的足迹，把某个古代形式复活起来，如晚期希腊艺术的拟古运动。有时候，它却完全走在它的时代之前，在某一世纪所产生的作品，却需要另一个世纪才能得到理解、欣赏和享受。但它在任何情况下都不再现它的时代……

一切坏的艺术都是返归生活和自然造成的，并且是将生活和自然上升为理想的结果。生活和自然有时候可以用作艺术的部分素材，但是在对艺术有任何真正用处之前，它们必须被转换为艺术的常规。艺术一旦放弃它的想象媒介，也就放弃了一切。……唯一美的事物，是与我们无关的事物。……生活比现实主义跑得快，但是浪漫主义总是在生活的前头。

生活模仿艺术远甚于艺术模仿生活。这不仅是生活的模仿本能造成的结果，也是由于这一事实：生活的自觉目的在于寻求表现；艺术为它提供了某些美的形式，通过这些形式，它可以实行那种积极的活动。

由此而推导出的必然结果是：外部的自然也模仿艺术。自然能显示给我们的唯一现象，就是我们通过诗或图画所看到的现象。这是自然之所以有魅力的秘密，也是关于自然的弱点的解释。

普通人对"思想是什么"这一问题理解得极为肤浅，他们似乎认为，当他们说一种理论是危险的，他们就对那种理论定了罪，其实，正是这种理论才具有真正的文化价值。不危险的思想根本就不值得被称作思想。

你说议论一件事比做一件事更艰难，而无为而为是世界上最难的；你说所有的艺术都是不道德的，所有的思想都是危险的；批评比创造更富于创造性，最高层次的批评是揭示艺术家在艺术作品中不曾道出的事物，真正的批评家总是不公正、不真诚、无理性的。我的朋友，你真是一位梦想家。

——是的，我是个梦想家。因为只有梦想家才能借助月光找到自己的路，他所受的惩罚是因为他比世界上任何人更早地看到黎明。

常读巴尔扎克就会使我们活着的朋友降为幽灵，使我们的熟人降为幽灵中的幽灵。

这个花花公子想要成为一个有事可做的人……

教育是可敬的，但要时时记住，一切值得知道的东西都不是依靠教育的。穿过卷起窗帘的窗户，我看见月亮像一弯银钩，金色的蜜蜂似的星星簇拥着她。天空像一颗坚硬的空心蓝宝石。我们到外面的夜色中去吧。思想是美妙的，但探奇更加美妙。

实际上，当行动总是很容易、当它最频繁地在我们面前严肃地出现时（我认为那才是真正的事业），行动简直成了无所事事的人的避难所。不，厄纳斯特，别谈行动了。这是一种依赖于外界影响的盲目行为，受着不知是什么性质的冲动所驱使。它在实际上是不完全的，受到偶然性的限制，不知自己的方向，每每与目标相左。其根源是缺乏想象力，它是不知如何幻想的人的最后归宿。

艺术家的悲剧在于他不能实现自己的理想。但伴随绝大多数艺术家生活脚步的真正悲剧，是他们过分完全地实现了自己的理想。因为当他们的理想实现的时候，就失去了它的奇妙和神秘，而变成另一种理想的新的起点。

生活像一位木偶戏表演者用幻影在欺骗我们。我们向它索取欢乐，它给了我们欢乐，然后又给我们痛苦和失望。当我们遭遇到一些富贵的悲伤，认为它们将给时代的悲剧增添绚烂的庄严成分时，从我们身旁悄然而逝，取而代之的则为不甚高贵的东西。在阴风惨惨的、灰蒙蒙的黎明，或者在寂静的、银白色的、充满芳香的黄昏，我们发现自己带着冷漠而迷惑的神情或石头般麻木的心，注视着我们曾经如此疯狂崇拜和亲吻过的、枝杈上金光点点的圣诞树。

对生活一无所知的保鲜方法就是使自己成为有用的人。
　　　　　　　　　　　　——王尔德《意图集》①

十一月二日

我再休息一天，然后就将按照既定的时间表工作，留出特定的时间用于学习，其他时间则充满激情地生活。不能什么都不学，甚至考试不及格，但也不能像去年那样把学习作为我生活的中心。

昨天下午，我和莎莎在一起；我重新发现了瓦雷恩街的温暖气氛，就像我十二岁时感到的那样。我们之间是真的亲近，感情深

---

① 译文引自《意图集》，王尔德著，罗汉、杨恒达译，杨东霞校，东方出版中心，2022年1月。

厚，但她还是太小了，无法承受我对她这样的推心置腹。我在她身上没有感受任何能称为秘密的东西。我害怕，当我把自己的秘密宣之于口的时候，秘密就被破坏了，甚至在她面前也是一样。这种另类的友谊竟是如此特别！

拉斯帕耶大道，晚上七点，雅克就在我的身旁，隐形的雅克，我也不希望他在场。幸福总是与痛苦相伴而行。我不明白这两者之间到底有什么区别，因为它们的释放方式都是以泪洗面。哦！巴黎的夜晚，路灯通明，这些与我擦肩而过的存在，我用我所有的力量与他们交流。

我内心莫名地兴奋起来，与欲望无关，与恐惧也无关……

我读里维埃和傅尼耶的书信一直到午夜，安安静静地。

昨夜做了许多梦：其中有一个：他情不自禁、无法自持地给我写信……

那一刻，真的觉得这对我来说非常非常重要。

刚刚，我被激怒了，他们什么都不懂，只会粗暴地处理超过他们认知范围的东西，还沾沾自喜。我本想大喊，你怎么那样卑微，我的朋友，而我，又是那么不看重自己！当然，我们知道我们为忧虑、纠结付出了多少，可为我们的价值呢！包括你自己，你也怀疑过自己的价值，可我对它有信心。而且我们知道，即使我们有价值，我们仍然是可怜的东西……在"野蛮人"面前，我发现自己内心的骄傲，不与他们同流合污的骄傲，特别是当他们的粗俗令我痛苦的时候。但我孤零零的一个人，处在绝对中，有时多么令人气馁啊！你，是我所爱的人，是我尊重的人，在你面前，我没有骄傲，没有崇拜。无论一个人的价值有多大，我清楚地知道他只是一个人。我能给他的，只有我的怜悯，而倘若他认为他不需要怜悯，那么他将得到我的蔑视。怜悯，不是怜悯他的痛苦（我对别人很苛刻，因为我对自己也非常苛刻），而是怜悯他的能力不足！

我头疼，很困。我写不出什么有道理的话。但我知道，有那么一分钟，我急切地希望有你在我身边，唯有你在我身边，我才能感受到真正的现实，我知道，生活最具体的一面，只存在于我们的灵魂里。别人在我身边的时候，哪怕是莎莎，我总是要换位思考。我的内心似乎叠加在被人们夸张地称为"生命"的东西上：奢侈品，身外之物。而和你在一起（如同和里维埃、傅尼耶在一起一般），这样的生活成了一切的中心，我们自然而然地在它的平面上运转，至于剩下的其他东西，我们只是把它们与生活相关联而已……

阅读纪德的《帕吕德》和《于里安游记》①。找时间聊一聊这两本书。

整个下午，我懒洋洋地待在家里，书打开着，可我根本无法静下心。我中了里维埃和傅尼耶的毒，可今天没有闲暇理会这些。

王尔德的《意图集》。王尔德的观点表面上看是矛盾的，但蕴含着深刻的真理。这种评论的风格让我想起了科克托的《秩序的召回》②，但两者风格迥异，甚至无法把它们放在一起进行比较。

作品是经过深思熟虑的，并不热烈，但更贴近生活，每句话似乎都是对痛苦经历的总结。即使翻译过来，作品里的对话也保留了诗歌对话的特点，讽刺并不十分用力，而且会假装不存在。其中不乏热情，即使是在那些辞藻华丽的诗页中，也热情洋溢（说不上真正的辞藻华丽，因为用词的光鲜、丰富，都很有节制）。

在关于"谎言的衰落"的对话中，提出了这样的思想，即自然模仿艺术，而非艺术模仿自然。尽管说起来很平常，却是值得回味的事实。他在最后几页中总结了自己的美学思想。迄今，我了解了

---

① 《帕吕德》发表于1895年，《于里安游记》发表于1893年。——原注
② 此书于同一年1926年出版，而《意图集》出版于1891年。——原注

三位伟大的评论家：科克托、纪德、王尔德。

"批评与艺术"，指出批评非常重要，它是一种全新的创作。批评是针对艺术的，而不指向生活。

摆脱爱情的火花，我很开心，我兴高采烈地和我亲爱的自己一起走在雨中，走在夜里，这一刻我沉醉在自我的世界里，因为我就是我自己，因为对别人而言，对那里的某个人而言，我是有分量的……

十一月三日

没关系，可到头来她①还是要来看看我今晚做了什么！哦！还有这张愚蠢至极的给雅克的卡片，我想要……还有这样的看管，让人烦透了！我要一个人！静一静！

刚刚，我从图书馆回来，还是一样的单调枯燥，可去年这一切让我的生活变得那么热烈。你突然站了起来。

我回想起你说的"谢谢"和其他一些话，如"我其实在意……"，我无法相信……不是真的，对吗，这场不可思议的冒险？雅克并不存在，完全是我臆想出来的。生活只有在这一点上才是有意义的……我又想到了王尔德那些深刻的话，可惜我没有记下来，因为我自己尚未经历过：所有难以置信的，都是真实的，所有生活赋予我们的，以及我们拒绝相信的。

柔情似水的夜晚……我的朋友，我的表兄……

我不关心他在想什么，我想象不到。我感觉我们每个人都在扮演自己的角色，而没有听到对方的声音，却发现我们竟然是一致的。

---

① 指西蒙娜·德·波伏瓦的母亲。——原注

我迫切而又单纯地渴望你在场——只是为了让自己确信你是真实的……不过比起你在巴黎，这种渴望更加甜蜜，因为你确实不在，你是不在场的。在巴黎的话，那就不是不在场，而是多么罕见的在场……

昨日，见到加利克，我惊讶地发现离他竟然如此遥远！而公交车迟迟不来，我靠着，看着眼前一辆辆车在夜里鱼贯而行……而我呢，我：我要完全逃离所有我声称全心投入的工作，摆脱任何一个我想要屈从的人……还有这个每一分每一秒，我都无比渴望的世界能消失！又一个人死了，只是世上少了一个人而已。而我，想的是世界消失。静悄悄的书房，无趣却又那么震撼人心的想法，这就是我的感受。

这些年轻女孩很善良，可是她们怎么会进入我的生活呢（我很想知道为什么我的生命中总会留有一席之地）！我要是跟她们谈论一些严肃的问题，她们会觉得厌烦；要是她们想要看神灯，那她们去电影院就行了……我很喜欢她们，可她们对我而言真的是毫无用处！不过好歹要让她们发表自己的想法，两周一次，聊一聊她们喜欢的书，对自己的爱，幸福，友谊，等等。告诉她们要勤于思考，话要说得重一些。我会成功的！可这些琐事对我也不重要啊！该如何做才能在我和她们之间产生某种必要性呢？我乐于见到的是，我能够帮助某个有趣或者痛苦的人，而不是对她们点头微笑，建立一种谁都可以与她们建立的苍白的友情……手足之情，团结一致！团队精神！我是这么想的……

如今，我已经不再认同，一个人苦苦地抓着另一个人不放，两个人经历爱情长跑最后不得不在一起……也不认同，两个相爱的人没有互诉衷肠，令人灰心，无法成为彼此的助力……

那些我付出友情的人并不能从我这里得到什么，必须从我这里争取这份友情。

其他人可以做到的事，我无心去做。对她们来说，我永远不会成为那个不可替代的人。

我要有意识地作一些关于她们的手记，准备一些感动人的话，带她们走走看看……我不屑的那些愉悦，我绝不可能带她们去体验。

阅读——我很快读完了这本小书《帕吕德》，与《地粮》相比，两者简直大相径庭。蒂提尔和奈带奈蔼？生活的两种不同面貌，在悲剧性的讽刺中展现出来……讽刺，讽刺！从中产生了令人不安的、不可回避的喜剧性，对此，全心沉醉其中的同时不得不想到作者隐秘的意图，因为作者看似是在戏谑，但戏谑的并不是逗人快乐的东西，而是逗乐本身。恰恰是这种与背信弃义的真诚，或与坦率的自欺相混淆的方式，是存在的两个方面，是两者之间细微的差别。思想和感情的生命被放逐在色彩和文字的世界中，这是多么矛盾！在喜剧的表面下暗藏着多么深刻的真理！这可能很难接受。那么短暂，完全出人意料的遐想，以至于感受不到发生的整个过程。

在《于里安游记》中，我又找回了里维埃在一封精美的信中提起那个无限迷恋享受感官快感的纪德……啊！最热烈的肉欲中的忧伤，思考感觉的方式，在其本质的简单中发现所有无限的复杂，还有无限本身，其中的奥秘……

昨晚，我走在路上，大声地喊道："奈带奈蔼，我要教会你热情……一种感人的存在，奈带奈蔼。"

> 我们的骄傲在这次抵抗中得到了升华，穿着华美的大衣，
> 我们心中对光荣行动的热切渴望在升腾……

我们想到了大帆，想到了离开，但在单调的等待中期望了这么久，现在也没什么阻碍，我们感到如此疲惫，如此烦恼，如此认真地对待我们的任务，如此厌倦这一切，所以在离开大岛之前，我们又停留了十二天，坐在沙滩上，一言不发，在大海面前沉思，感到我们的意志不坚定，却又过于强烈……

我们知道我们的旅行已经快要接近尾声，可我们感觉，还有足够的力气能够爬上那堵冰墙，猜想到目的地就在墙后面，但不知道到底是哪里。既然我们现在竭尽全力要抵达目的地，那么对我们来说，知道是哪里，也是无用的……

我们更强烈地渴望，回来再看看这些花团锦簇的地方，这些都是预料之中的过去。我们不会重新降落到生活中。倘若我们一开始就知道我们来看到的是这些，或许我们根本不会开始这次旅程。我们同样也感谢上帝，向我们隐瞒了目的地，一直推迟到现在，才会让我们在为抵达目的地所付出的努力中感受单纯的、坚定的快乐；我们感谢上帝，因为受过大的折磨才会让我们相信目的地一定是更为绚烂的。

我们很希望再次燃起某个脆弱又虔诚的希望，满足了我们的骄傲，同时感到不会依靠完成天命，我们如今期待身边的一切能变得更真实。

我们还一直跪着，在黑水中寻求梦想中天空的倒影。

——纪德《于里安游记》

今天去看了一些塞尚画作的复制品（《玩纸牌者》——《收割者》——《大浴女》——《圣安东的诱惑》——《肖像》），马蒂斯的（不太熟悉，但我很喜欢），卢梭的（《沉睡的吉卜赛人》——《婚礼》，我也很喜欢）。还看了图卢兹-劳特累克的画。不过我开始对印象派有了些了解。

我还发现，可以在皮卡德书店①读到《活着的艺术》，很有意思。秋季艺术沙龙五号开始。

此刻，我有点厌烦文学，我开始对绘画感兴趣。我那么渴望能摆脱自我，而在书中，我无法避免地要去寻找自我。看画时，我欣赏它，很快乐，我忘却了自己……这是一种纯粹智性的、脱离生活的愉悦。而读一本书的时候，我常常忽略，艺术是为生活而作，我热爱艺术，仅仅是因为它与生活密不可分。

《传说的道德》②有时让我高兴，有时又惹我不快。没时间好好研读，真可惜。我记得，我喜欢《潘和绪任克斯》。我也喜欢《哈姆雷特》和《珀耳修斯与安德洛墨达》，但不可同日而语。

这本书读起来很让人伤心，难过，我会动动脸部的肌肉，让眼泪不要流下来。有的地方很可怕，有的地方又很崇高。《潘》这篇的开头，提到了太阳和欢乐……然后是发展，结局，整个就是这样。一切都在所有之中！

> 我的思想一直只会是正在过着的生活……彼此相爱的人付出了巨大的病态的努力，来沟通思想。这种努力伟大，但痛苦又毫无作用……我相信，只有无限的共情才能与已逝去的生命时光建立联系，是已逝去的生命时光产生了思想，才是思想本身……
>
> 我此刻想到的是一个总活在当下这一刻而从不忧虑未来的人，一个为任何其他事情牺牲的人，一个为与陌生人聊得开怀

---

① 位于圣米歇尔大道附近，王子先生街60号，20世纪70年代左右歇业。——原注
② 拉福格身后出版的短篇小说。——原注

而错过与朋友的约会的人。只是逝去的一分一秒的玩具。

……这种藏着机敏、睿智的羞怯，聪明人都知道。

它让我想起了整个布列塔尼，而我是没有看到过的……

         ——傅尼耶

  现在我想让自己延长，伸开手臂，伸开手臂。而且，这不是为了体会让自己迷失后又回归的美妙，是为了毫不示弱、有条不紊地向前进……我将采取行动，完成我必须做的一切，但我的行为要很精确，我要控制自己的力量，不随意分散。

  发展自己，还不足以成为一个好的存在的理由吗？我们必须用别的东西来解释自己吗？人离开地球、向天举起双臂，人不断忍受痛苦、获得安宁，难道这些还不足以让我们明白人有着令人钦佩的景观吗？生活本身足以解释生活……

  痛苦是生活的印记，欢乐是，恐惧，兴奋都是。这些统统都是生活。应该追寻的是生活，而不是先追求幸福……

  你认为所有的东西都是合法的（即美的），仅仅基于它存在这一事实，然而你每天都在为周围小事的琐碎所困扰，以至于你并不总是有力气去寻找美。但是，假如你相信了大多数庸俗、普通的学说，认为人不应该受苦，那么就会觉得很矛盾……人不应该寻求幸福！我们还有很多事要做。

  接受所有这些，并不是决心从此之后再也不因此而痛苦。不是的，而是当这些事让你纠结痛苦的时候，心甘情愿地爱它们，因为它们的存在，有着至高无上的特权……

告诉我这句话，我一直相信，我内心一直努力遵循的这句话。

有什么能比准确地看待生活，不带幻想，不怀悲观更快乐的事吗？要超越一种伟大的行动力，除了理解其形成过程之外还有其他方法吗？这并不是浇灭行动的热情，而是用一种非凡的睿智来控制它。

—— 里维埃①

十一月四日

今天看了藤田嗣治的一幅画，比不上上次在拉斯帕耶大道上看到的好。一下午，想法都格外轻飘飘的，心里也空落落的。学习的时候倒是很开心，思路也很清晰，想到他，也很欢喜。夜晚，大雾弥漫，一个个看着那么孤零零！我有一次想到他，我不明白：我与他之间不存在必然的联系，那么把我们联系在一起的这股力量从何而来呢？我是我，他是他，我们之间有着巨大的鸿沟。如何才能将这巨大的裂缝填满呢？

傅尼耶与里维埃《书信集》，第二卷。

我从第二卷开始读，因为雅克还未读过……

首先傅尼耶的第一封信，关于心意若狂的、默默的接受，和既不能被简化为公式又不能被分享的生活。如何举例？如何概括？傅尼耶既没有作自我总结也没有引用自己来做例子……我太喜欢傅尼耶了（第七至十一页），在第十二页，与我跟雅克的情况正好相

---

① 出自里维埃与傅尼耶的《书信集》。——原注

反，与我以前和现在的情况也恰恰相反……不对，甚至现在的我，已经确定了能带给自己愉悦的事，在期待意外之事；我和里维埃是一样的。看吧！我昨晚读了《潘和绪任克斯》，我的感受跟他一样。还有他对画家们的印象……

里维埃在这封信里，写了克洛岱尔（第三十三至三十七页），对克洛岱尔做了自己的注解（第三十六页），太有力量了，跟我的想法不谋而合……二十年前的年轻人竟然能提出对我们现今而言这么尖锐的问题！还有关于接受生活，接受生活的平庸的观点。里维埃给出的回答是那么睿智，那么让人赞叹（第八十九至九十页）。

第九十二页，关于越来越强烈的欲望。

他是强者，里维埃，他在生活面前是强者，因为他甘于忍受痛苦，甘于直面生活。也因为如此，我才能获得自我满足，甚至满足自己的欲望。而这种力量背后，是多么可贵的同情心。

傅尼耶轻描淡写的几句话却"打动了我的心"，这句："今早，在开始工作之前，我要给你写一小时的信，因为我需要说一些事。"而整封信，他只谈她。

里维埃与欲望的溜走（第一一八页）。我太了解这一点了！这也同样让我感动（第一二七页），在互相承认、互相建立的友情中，那么小心翼翼，那么懂得尊重。

关于"自由的人"，第一六〇至一六三页，很厉害①。傅尼耶的信让人心碎，深陷肉体、智力、感情的痛苦，尤其是第一九六页。

里维埃的力量（第二一三页），我自己也经历过，我在面对野蛮人的时候经历过。哦！我的自我沉醉在欢愉中……

---

① "一个自由的人，是懂得以不事先设定任何解决办法的方式提出问题的人。"——原注

对于手法的描述，甚至比纪德还像纪德。

　　我不再了解那些早晨，当我打开小房间的窗户，面对晴朗的天气，我感到自己在上升，在成长，在胜利，在渴望，被欲望和激情撕扯着。用一个很有表现力的词来说，我死气沉沉。哦！我内心那些可怜的小兴奋，我对上帝的崇拜，而最终，我，我称之为我的一切，这一切都失去了。我还能找回来吗？一年之后，我会不会已经忘记兴奋是什么感觉，不会再有渴望？对这一切，我难道不会感到厌倦，无可救药吗？我问自己，无法找到答案，更加剧了我的焦虑。

——里维埃

　　我厌倦了对爱的渴望和对生活的渴望，我在内心的种种形象中求得一处安宁。
　　但今天，我不能再听之任之了。我称之为爱情的，或多或少就是这样，也因此我不知道是该称之为我的爱还是我自己。

——傅尼耶

　　今天，我太清楚自己几斤几两，我不再担心任何的装模作样，也不渴望任何赞美。这就是让我强大的原因……我拥有一切，我拥有一切，我很强大，我是神。
　　这是我的力量。
　　这种愚蠢的尊重人的想法，这种隐晦的讽刺怎么会在我内心扎根？我在言语间从不会表露出讽刺，但它侵蚀了我所有情感的纯洁。毕竟，我就是我。

——里维埃

对被爱的女人，人们只能说：你为我带来了世界的一份美好，而人们对一切美好、一切生命的想象都幻化成一种美好，唯一的一个女人，唯一的一种生活。

人们臣服于爱情，一如臣服于生活。

只有那些不愿将幸福作为存在目标的人才是我们的同道中人。

——傅尼耶

然而，我的欲望必须大声说出来……

意识到我的目标并不是快乐，这种意识已经变得如此深刻，如此亲密，与我的肉身合为一体，以至于我不再想着要抑制自己的痛苦，用委曲求全的方式来缓解痛苦。我经历着这样的痛苦，伴随着它的呼喊，它的涌动，它的抗议，它的执着，和无下限的沉沦。幸福不是我的终点，这个想法没有带来任何安慰，任何慰藉，我也不用把这一想法当做鼓励。这一点，我很清楚，我也感觉到了；我不需要再去想它。我所要做的，是依着生命的线性过好生活，不遗余力。

——里维埃

十一月五日

我对所有人的怜悯和宽容多了许多！过去，我曾经以骄傲的态度回避任何过错，类似这样的话：懦弱或卑鄙，很容易就到我嘴边。是不是因为我在面对生活时不那么紧绷？是不是因为我已经意识到我对自己的德行不大负责任？很可能是后者。在生活中我很幸运，但若身处其他环境，我是不是也会跌得很惨？我是一个在苦难、贫困中、在竭尽全力时才能找到自己快乐的人。可若我不那么坚强呢？我明白了更多的事情，更多的生命。我不仅仅为其辩解，我几乎开始与那些曾经令我反感的东西产生共情……

今晚我将自己紧紧地握在自己手中。我几乎感到一种遗憾，因为不能用到我身上的力量所带来的遗憾。既不是狂热，也不是温柔，更不是欲望。此刻我不是在超越自己，而是在拥有这个自我的过程中变得如此充实。

我想，我们自觉的意愿在生活中发挥的作用很小。在我周围，几乎所有人都会依据形势，顺势而为。而我自己，因为我选择很少，当生活强加在我身上时，最终我必须顺从我自己的命运……不过有那么一两个行为，我可以说，是完全自愿的：我写的信……唯一烦恼的是，我不知道这极少的几个行为在我的命运中到底扮演了什么样的角色。或许我的命运不会有任何改变……没错，但我也不会有这样的错觉，认为是自己创造了命运。因此，若能有所改变该多好。

关于幸福在生活中的作用这个话题。我真诚地相信，只有幸福才会带来很多东西，只有沉浸在幸福中（或至少是内心平静的状态中），才可以完成工作，有所行动，让自己变得有用。幸福便是取得成就的时间。但说到成就，是不是已经在贬低自己了？所有说的话，所有投身其中的行为，都会让你更贫穷，离伟大更远。只有思想本身才是有价值的，值得付出努力，没有其他人可以代劳。痛苦让你全神贯注在自己身上，让你不得不紧紧地依靠自己，只有在你身上，痛苦才有存在的理由。

我所想的

我已经不太在乎我是什么样的人了。然而，我这个自我不可能永远是我唯一的研究对象。我想把我的想法梳理一下。问题是，两星期后这些想法就会改变。无所谓。

我的思考是朝着这个三重问题延伸的，在我这个年纪，这个问题不仅有理论上或者实践上的价值，而且追问的是本质的问题，即是什么和应该是什么两个问题合二为一：生命——爱——幸福。

这三个词，我在其中看到了一种不可回避的对立，而难的是要知道哪一个比另一个更重要，因为我无法调和这三者。

生活——生活就是我。我把我的存在分成了两部分。一部分是为他人的存在，这是我以前确定好的，我不会再过多考虑的，这部分会按部就班地流逝。但这一部分，我非常重视，因为我觉得，是这一部分将我与所有其他人强有力地联系在一起。另一部分是为我自己的存在。我爱我自己，因为我是唯一爱自己的人，因为我是一个不可替代的生命，因为我想不出有什么更好的事情可以做（想法很熟悉，我就不多说了）。

我不带任何骄傲的态度，只是相信我的生活与野蛮人截然不同。和他们一样，但在一个完全不同的维度上——不必担心他们。我们会见面的，或不是与他们见面，不重要。对于我的生活，别人的经验对我没有丝毫帮助。

不要寻求利用自己的生命，这至关重要。也不要从外部对生活加以评判，这两点息息相关。这是因为我一旦从外部加以看待，我便会想着利用。一切事物本身都有其存在的理由。或者也许没有，但最终：任何事物在其自身之外都不会有其存在的理由。我存在的理由不在我执行的行动中，另一个人也会执行同样的行动。存在的理由在我身上，或不在我身上。我的思想，我的感觉起不到任何作用。若是能起到作用，也是偶然的，而起作用的也不是我。最多是我思考的产物，某种外部的东西。

生命意味着每一分每一秒的死亡，而且没有复活的希望。相反，不复活的决心异常坚定——这令人心碎，但也非常美好。

在生命面前，任何立场都是可以接受的。生命的价值取决于接受它的人。一个人过什么样的生活并不重要的，重要的是他自己。然而，一般来说，人们可以通过他的生活来判断一个人，不是因为他的内在价值，而是因为他的符号价值。首先，某些类型的生活会影响选择它们的人，并削弱他——而且生活往往非常真实地反映出过这种生活的人的面貌。任何立场都是可能的，但这并不意味着没有一种立场是更可取的。在法律上，也许不是。在事实上，却是如此。生命是美好的，同艺术品一样美，尽管没有形状可言的涂鸦与精美的绘画一样合法地存在着。一个人必须把自己的天赋用到生活中。

我为自己选择的立场是狂热、睿智和热情。

对其他人，我只有一个要求：他们能认识到自己的生活，并主宰它，即使他们愿意为生活所苦，也仅仅因为他们知道自己要承受这样的生活。我想和有意识的人打交道。如今，这算得上是一种真正的优越性吗？但我只会尊重那些思考自己生命的人。不只是那些思考的人，也不只是那些活着的人。我对生活充满激情，我希望我能写下和里维埃一样的文字，关于存在的至高特权。

不鄙视；崇敬。理解，和爱或恨。

爱——爱是另一个视角带来的奇特效果：所有的中心都围绕着唯一的一个存在，它本身没有被选中的理由，没有任何必要的东西将你束缚其中——我已经写过我是如何理解爱的。

幸福——我指的是热烈而无欲无求的充实——平衡与安宁——一种不知自己必然结束的激动。

生命和爱——"一个人向爱妥协，就像一个人向自己的生命妥协一样。"没有什么可补充的了……两者之间存在着这种痛苦的斗争，因为在所有的限制中，爱是最严苛的。不可能把所有的生命带到爱里，生命比爱重要得多，然而爱不愿仅仅成为一场意外，它往往会吞噬一切。美好的是，把它们都经营好，两者都是，各有各的位置。把所有的生命带入爱中，用爱充实生命。但我们决不能为了爱而牺牲生命或为了生命而牺牲爱。更重要的是不能把两者混为一谈。

幸福和爱——在想到未来时，让我感到恐惧的是，爱能给我带来幸福。至少，某种幸福。我内心感觉如此郑重的事情，也许就是幸福。但又可能不是，而是我更丰富、更充实的生活，并不是我所定义的幸福。我并不是说一个人只能带着眼泪去爱，但是爱又怎么能与幸福混为一谈呢？爱只带给世界一部分的美好，爱让两个想结合的生命陷于孤独之中——终究是爱情……

幸福和生命——若幸福降临，抓住它，当幸福与生命之间画等号的时候，幸福才有价值——拒绝幸福是荒谬的，寻求幸福也是荒谬的。

枕头上的凉爽之地
道路转弯处的新海市蜃楼
更加疯狂地爬向幸福的嘴唇
和更长的鸦片来做梦。但明天呢？

愿我的真诚的灵魂得到赦免……

我们不能再坐了，所有的长椅都湿了。
相信我，到明年就会结束了……

那么，可怜的，苍白的，卑贱的人
他只在闲暇时相信他的自我……

我的身体，哦，我的姐妹，为它美丽的灵魂而疼痛……

哦！沿路树林的清爽……

幸福的狂人……

哦！那是一个，她的名字，一个美丽的夜晚，知道要来。
看到的只是从我的嘴唇喝水或死亡！……

我非常清楚地知道，我的命运是有限的
（哦，我已经习惯了）
跟随你，直到你转身，
然后向你表达你是如何的！
我真的不考虑其他的，我等着。
在我有目的的生活的等待中。
我只想告诉你，我已经哭了好几个晚上了。
而且我的姐妹们都担心我会死。
我在角落里哭泣，我不再尝到任何东西；
哦，我星期天在我的教友中哭得很厉害！
你问我为什么是你而不是别人。
啊，算了，是你而不是别人。

我确信，就像我的心无意义的空虚一样……①

拉福格。

相比这第二卷，我更喜欢第一卷。可我抄下的这些诗句多美啊！

整首诗《冬天即将到来……》，尤其是这首，《啊！一位，她自己》，还有令人心碎的《月光独奏曲》："这个时候她在哪里……"

她对他说的这些，我也说过，某一日，在他的门前。如今我不会再说这些话了。这或多或少就是我的命。但是，我不知道，假如我对他来说什么都不是……但有些时候，我说的正是这些话。

十一月六日

感受到我对亨丽埃特、莎莎，以及其他人的影响……感受到那些生命对我有一些依赖，在那些生命中，我投入了一些自我，感受到我拥有的这种力量。还有我不需要任何人，自我拥有，自我满足，多好，像去年那样，不再渴望得到别人的认同和建议。这就是我的力量！我多么坚强！

我多么希望被剥夺这种力量，用你不在这里的事实来装点我沉重的心！我需要你吗？只是为了存在，或许不需要。可没有你，我无法生活……

力量，思想，骄傲，怀疑，只要你静静地出现在我身边，这一切都会离开、消逝……昨晚，我重读了你的信。今早，我渴望再次见到你，如此渴望……

----

① 拉福格诸多诗歌的摘抄。——原注

我内心的这个世界里，你位于中心，在你周围聚集着一些与我们相似的生命，有些是通过你看到的：傅尼耶，里维埃，纪德，阿尔兰，巴雷斯，还有书中所有的主人公，还有莎莎，以及我不知道的其他人……还有梦想，感情，细微的疼痛……这个世界，它与另一个世界之间有那么大的隔阂，不解、冷漠的高墙竖起……对我来说，最为珍贵的是，这一生命与其他生命之间极其细微的差别，它不是幻想的生命，不是脱离平庸生活的生命，它包裹着前者而且要加以改变，它是我的，属于我的生命……

有时，我觉得是另一个人在经历这本小说，而我在旁观一切，备感惊奇……而有些时候，我又确实觉得是我在经历这一切。

一周没有见到你，还要有多少天？

然而，这并不是爱情，因为一想到任何带有温情的动作，我便会发生可怕的痉挛，因为我不能坦然地沉溺在你给我带来的幸福中。但这也不是一种智性上的惺惺相惜，因为重点是我不能写下来：无限的柔情，甜蜜的眼泪，灵魂的不顾一切的巨大冲动，只要看到一张脸，听到一个声音就会有的冲动……

十一月七日

雨中，走在街道上，而不认得任何东西，让我欢喜：无论是卢森堡公园悠长悠长的栅栏，还是泛红天空中那些奇怪的树木，抑或是那个被当作同一过去突然显现的自己……这个傅尼耶所说的神秘世界，一年以来，从四面八方包裹着我，经常以一种感性的方式，像昨晚那样。尤其是……如何表达这种内心的割裂，这种不知道是真实的还是幻想中的生活，这种奇怪而独特的美……我同情那些认为存在是永远不变、黯淡无光的人……

我在想：也许爱就是欺骗和疯狂，但拒绝被愚弄，或者接受被愚弄，只要我们对这种欺骗保持清醒的认识，那是多么微不足道的一件事——做一个单纯的人，单纯地奉献自己，也就是说，如同一件不可分割的庞然大物，不会有一方在爱着，而另一方微笑着看着这份爱，带着欣赏，或悲伤，或快乐。

　　昨晚，你的出现带给我多么强烈的震撼！比坐在客厅扶手椅上的任何一个人都来得强烈。今早，我想到你，没有欲望，没有焦虑，甚至没有柔情。可终究，我无法不想你。

夜晚

　　玛丽-路易丝①的这句话让我欣喜若狂，也让我悔恨、伤心："你很幸运，你在许多人的生活中占有重要位置。"幸运……是的，这句话让我感觉很暖心。但也太沉重！他们都不知道——没有人，甚至她也不知道——他们的痛苦对我来说是多大的负担！玛丽-路易丝不知道我想到她的时候会泪流满面……我多爱啊，今年！我不知道该做什么，只有去爱。我愿意承担他们所有的苦难，所有人的。仅仅因为这样，我才有价值，仅仅因为这样，我才存在。

　　曾经在香榭丽舍大街上带给我如此快乐的东西，如今再次感受，却让我不安。我害怕所有依附着我的人，害怕自己无法满足他们……但我仍在寻找其他人，其他可以用我的生命去支持的生命。这样一种责任，这样一种负担……可我不太需要他们！或许是需要

① 玛丽-路易丝·莱韦克是德西尔学校的同学，她与西蒙娜·德·波伏瓦同时通过了中学毕业会考。1925年，暑假临近结束时，她们一起在玛丽-路易丝家待了两周时间，即玛丽-路易丝家在上马恩省的多尔日城堡。玛丽-路易丝想要读大学本科，可遭到了她母亲的反对。——原注

的！我需要他们需要我。但我痛苦、懊恼，我为自己支持着的所有生命而痛苦！

比如说，她对我来说微不足道，我也不认为我对她来说会有多大意义。她对我说的话里，让我读到了不安、悔恨……竟然会在某个人的生命中占有一席之地！可因为这样一定会让这个人痛苦吗！我深爱着的那些人，我所做的一切都是为了让他们不因我而痛苦。而且因为我爱他们，所以我遵守我对他们的承诺（但当我感到不配得到他们对我如此深厚的感情的时候，我常常会痛哭——在利普那晚之后）。不过对于那些我并不很喜欢的人……我多么后悔，我多么为自己带给他们痛苦而痛心，可我还是不顾一切地付出。我想对着他们大喊：对不起！对不起！……哦！这种情感的奴役，情感的负担！

昨天，我说：这是我的力量。但这也是我的痛苦，和我的责任，和我所有的软弱……我还不够强大。若是，若是我答应将自己撕成碎片，太可怕了。

今晚的悲伤与我离开雅克家时遭遇的巨大痛苦如出一辙，它们对我的内心冲击这么大！……我无法回应这来自四面八方的呼唤。

她看起来多么悲伤，玛丽-路易丝！的确，对我来说，遭受这样的痛苦太难了！哦！受苦，但生活不是虚幻的……她抱怨说没有经历过真正的感情。说起来，或许她是想起了我对她的好……然后谦虚又清醒地承认：我没有个性，我对任何人都没有意义，没有人需要我。

对不起！对不起亨丽埃特、勒鲁瓦、莎莎，还有你，雅克（歉意较少，因为你是我爱的人）。

还有其他或许我不认识的人，请原谅！

我打算明天早上去见她，我会告诉她（或星期二，若是明天见不到她的话）："和您交谈，我一直很高兴，我以为您生活里是没有任何烦忧的……"我会向她保证，我会一直把她当朋友，我不会撒谎。所有受苦的人，我都对他们怀着热烈的爱。

对莎莎，不管付出什么代价，我都会对她推心置腹，我就应该这么对她。

而你，你！我不知道……我给了你一切，那其他那些对我有所求的人，我难道不回应他们吗？你对我说"谢谢"，值得来自你的一声感谢，这是我的幸福。我害怕，再也不会想要其他人的感谢，他们的感谢不会让我觉得快乐……为了你，我牺牲了全部，但这是一种可怕的自私，因为我爱你。我不能接受你因为我而受苦！我想为你做这么多事，为你而存在。

想到你的一点点幸福握在我手中（有时我告诉自己是很多幸福，而这样的负担压垮了我！）。

但我依然对生活中没有被这样的焦虑和甜蜜填满的人，怀着极大的同情……

（今年之前，我不知道如何去爱，因为我不了解那种愿意为所爱之人遭受痛苦的热切心意。莎莎，你离我好近，今晚，我的朋友）。而你，也在经历你的感情……

十一月十日

昨晚，当加利克唱着伤感情歌的时候，我正看着这张你十二岁时的照片，这是在一个旧箱子里找到的。波德莱尔的这首诗让我的内心哭泣：

但是童心未泯的绿色乐园……①

一句诗里竟然能饱含如此真挚的遗憾和怀念！哦！十二岁的雅克，永远也回不来了！我本想在你身边重新开始我的童年。我们的十九岁，已经老了！我想起了小时候那段伟大的友情："我们因爱而结合"……和儒勒·凡尔纳，还有老夏尔②，还有那份对未来无忧无虑的简单的快乐，好似可以帮我完全忘了前一天发生的事，对抗所有的纠结，一种不带来任何伤害的快乐。毫无疑问，我们最好分离足够多次，才能在对重新发现彼此的惊喜中重聚。但我们依然带着这份甜蜜，彼此从未陌生，并且不时地将我们两个人的青春混在一起。我不后悔十五岁时我们不是朋友，我后悔的是我们不再是十五岁了。哦！我如此强烈地感受到：过去如此的沉重，那些忧虑，厌恶，以及这张照片中孩子明媚的、灿烂的笑容。那个人已经不存在了；我几乎不认识他，我可以认识他；我昨天晚上爱的人，是他，是你死去的自己。

　　然而，我在昨天和今天度过了平静的两天。不是遗忘，也不是温柔而凄美的回忆。而是在晴朗的天空下平静地走向一个冷漠的任务，同时说：这不是一件已经发生的事，不是将要发生的事，也不是可能发生的事。这是一件正在发生的事。哪怕只有一个小时，让我可以在任何一个认识我的人身上尝到这种安全感，这证明我有着怎样坚定的信心！

　　还有一些别的时光，我的朋友，我怀着感激，甚至为此落泪——不是，这个词会伤害你——我应该好好感谢你。雅克，谢谢你。不管明天如何，谢谢你。这声谢谢，有一天我一定要当面

---

① 《恶之花》。——原注
② 雅克曾为自己想制造的一艘飞机冠以"老夏尔"的名字。——原注

对你说。

我并不是为了你的爱而感谢你。因为有了你的爱，我才能给你我的爱。某种看不到尽头的东西：因为我可以把我的整个灵魂投入其中，因为你已经把你的灵魂投入其中，因为我从中找到了你的整个灵魂。谢谢你没有强迫我把自己的任何东西留在我的心门前。我不知道该如何表达：任何浪漫故事在我看来都是以我的生命为代价的，任何灵魂在我看来都是单纯的，如果我把它和自己的灵魂相比的话。你让我的梦想成为唯一的现实。我所谓的梦想并不是海市蜃楼，而是自我最隐秘的部分，最深的内心。我越靠近你，这一我之存在的完美特征就越突出，但我经常在自己身上看到这种与人不同的特征，它包裹着你哪怕一个细微的动作。我最好的朋友经常跟不上我的这种内心生活，她不能回应我说的话，我的话没有唤醒一种神秘的和谐。只有在你身边，马上……

你看，我那么同情那些不知道的人……我的朋友们只是在另一个星球活动；她们区分幻想和生活，同时又努力地将两者融合。对我来说，我的生活就是小说——多么微妙，多么痛苦，多么幸福，多么煎熬。多么绝妙的小说啊……我不知道；与一切无关，高于一切（尽管我坚定地珍惜一切）。我回到美丽城，它已经不存在了——甚至正在进行中的希腊语课已经不存在了——但我是专注的，我认真学习，这些都影响不了我。更准确地说，对我来说，这些都不存在……

只有你，和我。

那些没有找到你的人，巡视着周围以找到一个人，可以走进她们的梦里。我的梦是与你共生的——而不是属于你的梦，与你同在的，这会更好。我现在能，以后也将能够承受痛苦。但因为你，这不会是普普通通的痛苦。你把我从庸俗（庸俗的友谊、行为、学

160

习）中拯救出来。

（但你知道，我不只是因为你是我的梦想而爱你。我特别爱你，因为你是你。）

我想也许你在想我……

我认为这很好，我们之间不再可能有任何的误会——我们知道，我们知道对方知道。

然而，每个人把自己爱的方式视作是一个大秘密。

你经常讨厌我吗？这样的问题，我几乎不问，但刚才，我对着镜子说："也许对他来说，所有的爱，所有的可能，都在这张面孔上！"请你原谅，我只做我自己……

你离得很远……

不，你离我很近，我的朋友，我的兄弟，因为现在我痛哭，疯狂地想再见到你。哦！什么都不用说，不用找，你单单在那里，在那里就好了……无关快乐，悲伤，你的心，还是任何东西……你的存在。

两星期前，在你面前，那么近，那么近……而今晚却独自一人。我的灵魂面前没有你的灵魂：我的眼睛，你的笑，你，你……

这是一段很长的时间，你知道，十五天……

十一月十一日

秋季艺术沙龙[1]：感觉我错过了很多。我对绘画知之甚少。我更喜欢把注意力集中在一位画家身上，以试图很好地理解他，而不

---

[1] 自 1903 年起就存在的秋季艺术沙龙，1926 年在香榭丽舍大街上的大皇宫举行，展期从 11 月 5 日至 12 月 19 日，主席是弗朗茨·茹尔丹，1935 年由乔治·德瓦利埃接任。——原注

是把注意力分散到这么多的画作上，只是迅速地瞥一眼。然而我发现我已经开始习惯看画，这要归功于我看过许多复制品，已经很熟悉。我会继续下去，因为我对这方面的兴趣逐日增长。

藤田嗣治的画很好看：画了一个黑人，他有着无与伦比的力量感。

我非常喜欢毕沙罗[1]的一些画：一条河，农场上草地的一角——一片和谐的绿色——这种手法我完全不知道怎么定义，但我很喜欢。

巴克斯特[2]的作品：有一幅我特别喜欢：绿色色调的对比；非常漂亮的明暗对比。

某个叫安德烈·迪努瓦耶·德·塞贡扎克[3]的画家：风暴中的树木——我也喜欢。

马塞尔·格罗迈尔[4]：我不认识这个画家，但他的棕色调的船让我印象深刻，还有这个女人，我也不太看得懂——线条比较生硬，但非常和谐——色调和轮廓很平衡，带给人智识上的满足感。

基斯·凡·东根[5]：《白衣女子》：凡·东根有一点做作，而且总是同一幅画。

乔治·德瓦利埃[6]：我不是那么欣赏得来。

---

① 保罗-埃米尔·毕沙罗 (Paul-Emile Pissarro, 1884—1972)，卡米耶·毕沙罗第五个也是最小的儿子。——原注
② 莱昂·巴克斯特 (Léon Bakst, 1866—1924)，画家、装饰画家，他曾为俄罗斯芭蕾舞团作画。——原注
③ 安德烈·迪努瓦耶·德·塞贡扎克 (André Dunoyer de Segonzac, 1884—1974)。——原注
④ 马塞尔·格罗迈尔 (Marcel Gromaire, 1892—1971)。——原注
⑤ 基斯·凡·东根 (Kees van Dongen, 1877—1968)。——原注
⑥ 乔治·德瓦利埃 (George Desvallière, 1861—1950)，1919 年与莫里斯·德尼 (Maurice Denis) 共同创办了宗教艺术工作坊。——原注

夏尔·盖兰①：啊！用巴雷斯的话说，就是那个"拿走了我的心"的人——在这个大厅，我只能看到这幅画：一个年轻女孩坐着，在弹吉他；墙上有雕刻；桌子的一角有一个罐头——准确地说，浅蓝色作背景，红色和灰色达成和谐，明亮清晰——动人的面孔——主题简单，手法简单，灵感简单，但一种真诚让我深深感动。我希望看到他的更多画作。

其余的，我看得很快。我有时还是能感受到美好的东西存在的。

阅读

萨尔芒的《纸板王冠》和《影子渔夫》②——显然，这仍然是同一个剧本和同一个主人公。但是，我多么喜欢这个优柔寡断的年轻人，他站在梦想的门槛上战战兢兢，他对将梦想变成现实并不抱希望，但他还是为之努力……并遭受痛苦。回应他的是我的忧郁，这就是为何我觉得自己身处在一个友好的国度。让和内莉之间的场景相当漂亮，尽管一个男人一直对一个让他痛苦的女人这么温柔，有点令人讨厌。他是孤独的，连他爱的女人也不理解他，或者说，至少他不觉得有人理解他。他超脱于他的爱情（哈姆雷特——让——蒂比尔斯③）。他试图用爱来治愈自己。可怜的人，爱从来无法解决生活的问题，它只能帮助承受生活。

我积累了一些精彩的句子，但这些对话的魅力恰恰在于那些没

① 夏尔·盖兰（Charles Guérin，1875—1939）。——原注
② 分别发表于 1920 年和 1921 年。——原注
③ 这些人物分别是《哈姆雷特的婚礼》《影子渔夫》《我太大了》中的主人公。——原注

有说出来的话。

一直抱着同样的希望不放，真是太累了……

我从未见过有人因为我而痛苦。
你会注意到吗，妈妈？
当然了。
好吧……

有时你必须回到那些不再有趣的旧游戏中去……

言语！这是给自己的一个容器。

兰波的《彩画集》①。相比起来，还是拉福格更让我感动。不过有些诗句，我还是非常、非常喜欢。我从来没有读过这样和谐、美妙的诗句。美妙，是节奏的精确性与思想的模糊性合二为一（但以非常清晰的意象来表达）。最重要的是，我喜欢这首名为《黎明》的作品。

天空，星辰，以及其他一切，所有如花般的优美温煦，对着山坡像一架大花篮，正对着我飘落下来，在它下面，展开了一派鲜花怒放、明蓝不见底的深渊。

——《神秘》

————————

① 创作于 1873 年，发表于 1886 年。——原注

就像神明的蓝色大眼睛和以雪为形一样，海与天在云石平台上引来铺陈无数刚健初放的玫瑰。

——《花卉》

我拥抱夏天的黎明。

宫殿正面，一切都静止不动。水也死去了。阴影驻留还没有从林中路上退去。我从这里走过，唤醒了呼吸律动，温热有力的喘息，宝石在闪闪探视，有羽翼无声地飞去。

小径上已经布满鲜洁暗暗的闪光，这里第一件大事便是一枝花对我说出它的名字。

我对金发的瀑布笑，她的长发在松树丛中纷乱披散，在银色山顶上我看见了那位女神。

于是我把那面纱一层一层揭去。在林中小路上，手臂还不停地摇着挣扎着。走过平原，我要去通知雄鸡。在大城市，一座一座钟楼，在一座座圆屋顶上，她躲来躲去，逃之又逃，她在云石砌成的河岸上就像乞丐那样逃走了，我去追，去追她。

在大路高处，在月桂树小林边上，我抓住她层层面纱把她紧紧裹住，我略略感到她身体硕大。黎明和孩子一起跌倒在树林下。

醒来已经是中午了。

——《黎明》[1]

团队。我们得再想想。昨天的印象：这在我的生活中绝对不会是什么。我被迫把太多的东西留在门口。在智力上，我纵容自己的

---

[1] 上述《彩画集》引文均源自《彩画集——兰波散文诗全集》，兰波著，王道乾译，上海译文出版社，2012年。

行为只会减少，我的思想转化为这些过于简单的大脑的形象，不再引起我的兴趣。我不再这么认为，这不真诚，或许也不诚实。真正的友情，是不可能的。她们对我来说，没有任何意义，而且我认为，即便她们很喜欢我，我也永远不可能成为她们生命中不可或缺的存在。我永远无法将她们提升到我这样的高度，靠近她们，我就得自我贬低。这让我很不舒服。

总之，我不再那么具有团队精神。因为，与模糊的、普世的、博爱的共情相比，我认为一种深厚的感情更为重要！这样的关系无论如何都是表面的，它们有什么真正的价值吗？伙伴之情——付出的服务——交谈，等等，没错，或许是，但这些无法抵达一个人的内心深处（除非一些特殊情况——但一项任务是不会考虑特殊情况的，至少大家不会为了特殊情况而努力）。去年我就已经坚信这一点！我觉得现在我夸大了其另一面！但这种（表面的）亲切，幻想几句简单的交谈就能带来意义和力量，还有这种在一起的欢愉，无法让人看清彼此之间的遥不可及，所有这一切都让我痛心。

这是圣马丁一个美好的夏天。今天下午，在塞纳河的岸边，我出奇地感觉自己变年轻了。我的思想天马行空，活着的快乐围绕着我，而我的幻想模模糊糊的，不会让我觉得不安。

我们已经两周没见了，雅克。你真的应该对我好一些，让我不要在焦急渴望中度过这些日子！此时此刻，我完全可以摆脱你，你对我而言毫无意义——可就在刚才，在有轨电车上，我对自己说：我觉得你或许在想念我。我有权利这样想——我以为或许我曾给你带去快乐。我有权利这样想。我想起了你那声让我无比感动的"谢谢"，还有那个临考前的夜晚，你先走一步，你坐车而去，难道不是因为见了我，才给了你活下去的欲望吗？我因为相信这一切都是真的，而感受到巨大的幸福，这样的幸福又是从何而来？我或许是痛苦之源，想到这里，我很伤心，可我也知道，一定的，有些时候我也代表了无限的柔情。雅克！……我有权给你带去一点点快乐吗？我流了那么多眼泪，心甘情愿地承受了那么多痛苦，我对自己如此的严苛——正因此，我才觉得自己完全配得上降临到我身上的这一份不可思议的特权。假期里沉痛的哀嚎换来了你的微笑。若是可以确保，你的悲伤因为我而有所减少，那么再苦涩的悲伤，我也会甘之如饴……（这不是无私或牺牲的问题。如果我毫无私心，那我会愿意受苦，单纯只是为了能让你幸福，不会在乎幸福是不是我带给你的——而当我想着在几个小时的相处时，我要对你柔情似水的时候，我想到的是我自己的幸福，是我自己沉浸其中的纯粹的、无边的幸福。）

这是一件……我抽屉里还放着你的来信，回忆很珍贵。或许有一天，我会说：这些已经不再了……但我不能说：我弄错了，这些从不曾有过。

是不是这样，我不必说：这些已经不再了。这不是一件你能这样随意摆脱的事。所有你对我说的话都捆绑着你，尤其是这份感情，你必须对我有着这样的感情，我才能这样说……

说起来，短短的六个月前，我不敢就此囚禁自己。我把自己完全地交付出去——因为在我内心深处怀着满满的期待，希望你不会伤害我。你从未伤害过我。你会作出承诺，你会有所表示，这都是我可怜的灵魂所需要的。让我觉得暖心的是，知道那些话，比我这里对你说的还要温柔的话，不会影响我们光明正大的友情，不会损伤它的纯粹、它的真诚。我抛却了羞怯，我把任何想让你明白的事都已经告诉了你。我没有要小心翼翼藏起来的秘密。你明白你对我意味着什么，你也明白我知道我对你意味着什么。

我耐心地，等着你的归来。

十一月十三日

昨日下午，出发去讷伊，我惊叹不已，竟然感受到如此单纯的平静，犹如自己是个无忧无虑的小女孩。想起他也许很快会让我的生活、我的学习都恢复年轻的活力，我的内心为这份平和的深情留着一隅之地。不，小可怜，不要去相信这样便能卸下灵魂与爱的负担。"至少明白重要的要求是什么：无论是什么，无论什么时候……"无论是什么，无论什么时候，我都无法逃脱……我到底为何而痛苦？怀疑，破坏了我所有的快乐。我手里抓着能带来偌大幸福的各种要素，我要把它们变成眼泪！不是变成好的眼泪，这些眼泪让我觉得羞愧，流泪的时候，我对眼泪深恶痛绝，而且我没有权利流眼泪。不，我没有权利怀疑，因为我在哈尔古①门口看到了你的车；也没有权利怀疑你的深情，你还没来看我；我没有权利抱着昨日、昨晚、今早那样的想法，认为只要你重新找回了你的生活、你的朋友，我便会变得一无是处……我等你的来信，等了很长时间。信很短……你向我解释了一切，你对我说的话是那么真诚、那么充满感情，我不怀疑你的友情……或许今日，我想要的不只是友情。

我为自己骄傲，看到你的车，我不再激动得战栗不已；为自己的无动于衷而骄傲，我曾以为，我的无动于衷能确保自己的幸福。然后，就是这样了……听到别人口中说你的名字，听到别人提及那些他们知道而我却陌生的关于你的事，过完假期后那种全身不受控制的激动又回来了。

我让自己恢复理智，我驱散心头可怕的怀疑。可我又无比痛苦，在索邦大学附近，在这所图书馆里，我清晰地感受到人与人之

---

① 拉丁区一家很大的咖啡馆，坐落在索邦广场一隅，商博良街上。如今已经歇业。——原注

间不可逾越的距离：我如此痛苦，而其他同学那样平静。待在那里，真是太荒谬了，而你离我这么近，这么近……我不再怀疑，但是意识到我的爱不等同于我的生活，更不等同于你的生活，还是让我很伤心。你来得这么快，是不对的；是不对的——即便爱我，也不应该不对其他的朋友笑。而我，我应该去上希腊语的课，去研读亚里士多德……我烦透了，很痛苦，很痛苦，尤其是因为不知道自己为何这么痛苦。

首先，我们之间发生的事太美好了，那是再也找不回来的美好。再也不能……你的母亲会来，还有你的姐妹。你有自己的朋友，接着还要服兵役。啊！我的心里充满了不安，我们在长廊聊天已经过去两周多了。我和你的灵魂贴得那么近。结束了，结束了……

我们那么相爱，都是徒劳的，我说的是我们，我们还是离得那么远，那么孤单。你无法想象，有些时候，我是多么需要你。而我却不能去按响你家的门铃，告诉你：我今天想要见到你。为什么？因为很可能在某个相同的时刻，我们并不在同一个频道上。我愿意相信你也需我，有的时候，但无疑不总是与我需你的时刻相一致。当我想哭的时候，你内心是平静的，或许相反亦然……要是我们的痛苦常常不期而遇，该是一件多么美妙的事……只是，这样的想法也无法让我们的痛苦真的不期而遇。啊！我一定要再见到你，我一定要听到从你口中说出的甜言蜜语，也许这样，才能缓解我的痛苦。只要你出现，之前漫长的时日都消失不见了。可当你长时间不出现的时候，我会失去理智，会怀疑，会不知所措……我把你的信放在你口袋里，我坚信你是爱我的。可我很想见到你……雅克！雅克！……这些呼唤，你都听不到！

事实上，你从未经历过这样失去理智的精神危机，因为在我们友情的天平上，痛苦的或是幸福的，你都好好地待在自己的位置上，不游离，就是你的位置，而我拥有得越多，便要求得越多，但人是不能索取的。你给予我的，是你愿意给予我的。

哦！卢森堡公园里，浅绿色的草坪上开着淡黄色的大丽菊，天空也是阴阴的灰色，和我一样，低着头，一副逆来顺受的样子……只是真不应该想到我自己，当我心里难过的时候，我只想跟你说说话，你是我唯一的朋友，真的是如此。莎莎是我的朋友，但我不会把自己的一切都向她坦露。

我的朋友，我乞求你的帮助，来对抗这份如今毁了我美好感情的爱情，其中夹杂着嫉妒、苛求、怀疑。这是开学以来的第一次，我向你保证，是生理上的，是神经上的。我的朋友，你还是那么纯洁，那么平静，即便痛苦，即便知道我对你的感情，还是那么有一说一，还是那么令人感到宽慰。朋友，有时我们会忽略他们，但丝毫不影响相互之间的感情，你也可以忽略我一点……

走进这座小教堂，我陷入了无比的悲伤：今天下午我无法假装在学习，我需要想着你——家里不允许我有这样的思念，可我热切地渴望一个温暖的家（啊！一四三号的长廊）①，我热切地渴望一段温情：既不是莎莎，也不是如今的雅克……我孤孤单单一个人，流浪着，孤零零地，特别是内心的一股股寒意，如同这条街一样阴冷，渴望陷在悲伤中无法自拔，就此沉沦。

回忆起你的友情，还是给我不少宽慰。这些我自找的悲伤，你无需负责，这样热烈的情感针对的不是真正的你，而是我臆想出来的你。我会一边散着步，一边想想你，想想我自己，想想在这场冒险中用尽一切的自己，用尽了自己的才华、细腻、精致，还有所有

---

① 蒙帕纳斯大道 143 号，雅克家的地址，那里有一家由他家族经营的彩画玻璃工厂。如今已经被一栋高楼取而代之。——原注

的不足。正因此，不应该对那些脆弱、胡思乱想的时刻怀着怨怼……啊！我多么渴望获得幸福！

又去看了伦勃朗的画——安东尼·凡·戴克——弗兰斯·哈尔斯——雷斯达尔——安格尔——德拉克洛瓦。看到了《奥林匹亚》《左拉肖像》——惠斯勒的肖像。维米尔的《读信的少女》——柯罗的一些画作，尤其是《夜晚》——我太喜欢柯罗了。

米勒和梅索尼埃，不喜欢——卢梭一般——柯罗，柯罗！还有维米尔。

有位老妇人夸夸其谈，后面跟着一群自以为喜欢绘画的少女，她们还在做笔记！一位年轻男子在惊叹，画家画了奶牛的鼻孔在冒烟，我不知道这位画家，而且觉得他很糟糕：特罗容。

哦！柯罗画笔下的磨坊，灰蒙蒙的，泛着暗淡的绿！还有金色的《夜晚》和《阿弗雷城》。和所有那些简单的画。

夜晚

若是去年有人提前告诉我，有朝一日，有许多的任务需要我去完成，我会在塞纳河边的旧书摊上为拉福格哀叹，在卢浮宫的展厅里游荡，我想我一定惊讶得说不出话来——我无法预见到自己会经历这样一场情感危机。显然，这就是克洛岱尔所说的"比目的更巨大的需求"。并不是我看不到雅克真实的样子，而是在焦灼热烈的时刻，我的欲望与他真正的价值再也不能同日而语（况且，我所谓的他真正的价值到底是什么？是他应该对我具有的价值吗？这些都是相对的，而且这些重要的精神活动，从来无法解释其原因。只需要明白它们存在的理由在其自身，而不是外部的什么）。卢浮宫转移了我的注意力，让我的心情稍稍平复了一些。终于有那么几分钟，感觉是愉快的，也是在这种时候，我的难过似乎也变得合理了，甚至我喜欢承受痛苦，因为痛苦让我确信，我为他付出的一切的的确确比他所期待的要多得多。而他不知道；我还是那个我，即使我付出得少一些，我也还是那个我。我确实可以对我感情的付出更吝啬一些，可我就是这样一个极端的人，若不再被谨慎控制，就会完完全全地把自己交托出去。但到这种程度，还是非常不理智的。现在当我恢复清醒，此时此刻认识到他对我再也没有任何意义，我觉得自己太过荒唐，只是事后自然是要为自己的荒唐付出代价！我必须做到不那么依赖他。若我真的想要这么做，我一定可以做到，这我知道。可想要这么做又有什么用呢？我没有低廉的自尊心。

我读了《道林·格雷的画像》①。思想精妙，对话艺术更是无人能及。关于影响、生命的价值、对生命的态度，论述是那么有趣。安德烈·纪德的作品中有许多王尔德的影子，特别是都提到永远不要对自己吝啬，要充分地释放自己的欲望。违背道德是一件美妙的事。

罗曼的《一致的生命》②非常有力量。我在其中读到了许多熟悉的意象，有些意象表现得很隐晦。我特别喜欢他的视角和表达上的精准，非常出色，就是这样。其他也没什么可说的，我也不知道除了这样说，还能怎么说。总之很抽象，这是一位从不会哭泣的先生的作品，他自己的原话，他的一生都发生在他的头脑中。这本书不是一本可视为朋友的书。

（啊！与书做朋友，不需要打开，可单单眼睛盯着书看，我就会觉得很舒服！看着这些写书的人，他们经历过，哭泣过。）

---

① 奥斯卡·王尔德的唯一一部小说作品，于 1891 年出版。——原注
② 1908 年出版的诗集。——原注

这所讷伊的初中很值得好好研究，负责的是位女士，我很喜欢她，她正直，情操高尚，聪明睿智，不过我觉得她不会因为别人而痛苦[①]。

在这些年轻的女孩中，有些一门心思只顾着学习，烦恼、生活的琐碎都已经安放好，对外面的世界充耳不闻、视而不见；而另一些则因为活在虚幻里，受到无数条条框框的约束，无法与真实的世界接触，而深受其苦。严重的问题在于，她们被封闭在狭小的圈子里，接触的人有限，那又如何让梦想徜徉在这些走廊之间呢？如何在陌生的智慧中保持高洁的内心生活呢？有些学生会阅读，可一本书带来的帮助是不完整的。她们缺少责任感，她们从不会自己做决定。她们之间缺少深厚热烈的友情。她们没有时间，她们失去了品味苦涩的能力。

在索邦大学，学生们只会把没有个性的一面带到学校，我在这方面的打算是实现不了的！我对年轻的女孩没什么兴趣。有些年轻人，跟他们聊天会很有收获，却让我觉得害怕！我想要与之交谈的，都是一些在道德或智力上很粗鄙、粗浅的人！他们会给人无比粗俗的印象，因为他们身上没有任何特征能反映真正的价值，他们显露的都是最表面、最普通、最平庸的一面。

哲学是一门引人入胜的学科，如果没有考试的话，会让人更乐于好好研究。不过我不够理性睿智。但我还是对哲学非常感兴趣。

啊！我儿时的照片。昨晚，看着这些照片，我泪流满面（只是一年前，我并不太流泪）。这个小姑娘，如今长成了伤心、纠结的大姑娘，可怜的小姑娘……

我越来越看重这本手记，它帮助我看清自己的内心——帮助我

---

① 指默西尔小姐。——原注

思考伤心的理由，而把这些伤心写下来的时候，我就已经不那么伤心了——帮助我不全然地变成一具行尸走肉。其中，我要加入严肃的思考，而不是用大量的省略号来倾诉自己的心声。至少，我写的时候是完全真心实意的。

十一月十六日星期二

星期日上午，整整一两个小时，我都沉浸在幸福中。保持沉默，不去思考，平静，安宁，隐秘在自己的小世界里聆听一个亲切的声音。在厨房里沉思，做着一些幼稚的事，勾起对某个微笑、某次握手的回忆，那样的动作里都饱含着深情。

昨天上午，泪水泛滥，低落到极点，慌张到连声音都变了。现在，已经摆脱了这可怕的焦灼，再也不会被这些毫无意义的偶然所影响……我内心许多小的情绪都掺杂到了我的爱里：恐惧、悔恨、对他立刻来到我身边的渴望，它们都有各自的价值，但最终都会消逝。走在布瓦大道上，天空湛蓝，太阳温暖，我感受到了内心的一份平和（哦！在这里弥漫着秋天的味道，孩子们的纸飞机在红棕色的树叶间飘过）。但这其实是被打败后的屈从，我想要从中逃脱，用遗忘，用呐喊：为什么我的生命要局限于此，在我的身边，散落着那么多美好？我与不太熟悉的一位叫默西尔的小姐进行了一场谈话，把我带到了这个我称为"克洛岱尔式的"地方，因为像克洛岱尔笔下，生命就是一场注定的悲剧，因为它超越了经历生命的渺小人类。明天他会来吗，还是不会来？我不知道。我知道我内心的澎湃会在他的头顶、我的头顶高高地越过；我知道我既不能逃避爱情，也不能将之减少到可以轻易被我的灵魂容纳的程度；我知道我不能对这件无边的事情做些什么，而且雅克对此也无能为力，这就是我控制爱情的方式。啊！我的爱超越了我爱的人和我自己的弱点，超越了我们对彼此即时的需要，超越了我们给对方带来的痛苦和欢乐，超越了我们对彼此说的话，那些忽视，误解，没有任何东西可以企及。他若不爱我，我也还会爱着他；他若有不当的行为，我也还是会在原地。当我的灵魂莫名地想要奔向他的时候，他已经没有什么可以阻止我。有些时候，他对我而言只不过像是一种借口，去追求一种更加高级的需要，在这样的需求面前，我不得不低头。正因此，今早，我想到我们俩的思想很可能不一致（因为在这种生活节奏中，显然我们并不会无时无刻都在同一个高度上），这一想法并没有让我难过。或许他离我真的很远，或许很无趣，或许不会像我今早那样超然……但我体味到的情感是永恒的，它们并不针对今天的这个他，也不针对今年的这个他。而我的爱可以自给自足，不需要对方的回应。

我真切地感受爱的无边无际，一股强大的力量攫住了我。即便我是羞涩的，我的羞涩也不会阻挡将我向前推的那股冲动，这一点，他必须知道，我也必须知道。因此，要是他不来这里，我也不再为星期三——十一月二十四日——去找不找他这么简单的问题而犹豫不决。对我都不重要——相反的……但愿他猜想到蕴藏在我身上的力量。即便在他面前，我也为自己的爱情而骄傲。

这在我看来根本不存在对不对等的问题，因为我并不是因为某一日的欲望而兴奋，是我一生的欲望，他一生的欲望。我曾经试图让他明白这一点：若是我期待他带给我的只是幸福，我可以不需要他的存在，但我需要他让我活下去。我希望这是互相的，我以为——即使他没有察觉到这一点，这事实上也是互相的。我感觉我内心有某些东西，只有我才能给予他。哦！他会来问我索要吗？人生第一次，我大胆地渴求一份维系一生的伟大的、必要的爱情，我大胆地呼唤一生的结合，默西尔小姐口中的"这些美好的结合"中的其中之一。多亏了默西尔小姐，我才有这样的勇气，因为她让我变得自信，才让我认为或许自己值得接受爱这一比自身更为重大的东西；因为她同时也给了我一种信念，让我相信这些渴求的价值，但这些渴求只有我之外得到确认时才能得到重视。我绝不是一个陷在平庸的情绪中不能自拔的人（我并不是瞧不起这些平庸的情绪，因为它们是与生命的脆弱和温柔联系在一起的）。我本想昨天在手记的开头写上这句话"这只不过是活着的小小恶意"①——不，除了这小小的恶意之外，还有别的东西。

十一月十七日星期三

啊！默西尔小姐明白：这就是我的力量之源！这就是我的价值所在！我太惊讶了，今早，我还无比厌倦活着，每天的学习也让我疲乏倦怠。可到了晚上，又恢复了清醒，找回了勇气，牢牢地把握着自己……

她多么懂我！刚刚，莎莎让我失望了，她在这种无意识的状态中陷得太深，而我已经逃离出来，她的所作所为没有经过深思熟虑，她的思想还是没有独立，没有把自己放在重要的位置。默西尔小姐与我如此亲近，如此迫切地渴望走进我的内心，用她的睿智与我产生共情。哦！怎么说呢，她的办公室简陋又昏暗，我们两张面孔都被黑暗笼罩着，而呼吸确实那么急促，吹进了我疲乏的内心……当我流干了眼泪来到课堂上的时候，我非常需要一个人，但我没有料到……而她也向我敞开心扉。我们都忍受着对方的沉默，

---

① 出自里维埃。——原注

我们心中都把爱看得很严肃，我们面对着同样的问题。她的双眼闪耀着智性的光芒，但在她巨大的力量和振奋人心的说辞背后，却掩盖不了深不可测的悲伤，她让我感受到了，她甚至把这样的创伤转化成了热情。我从前对她的判断是不对的。她属于那样的人，对他们而言，同样的问题（社会习俗——人情世故——日常琐碎，等等）是不存在的。而我感觉跟他们是处在同一个水平上的，因为所有一切在他们看来都仅仅是内在的问题，他们唯一看重的只有自我的部分，因为那才是最本质的。

她对我说的话呢？这些话，我曾经也对自己说过，但我自己的认同在我看来没有任何意义，因为我担心，我只是把事实说得与自己的欲望、渴求相一致而已。她告诉我爱情是很伟大的，爱情的气息会从我们的头顶掠过，去到很高很高的地方；"理解，你看，理解……"两个人成为彼此的需要，这是一件多么庄严的事。而他们的结合又会是多么的完满，多么美好，最最美好的事。若一个人真的被另一个人指定，被呼唤，那就应该一往无前。对于那些没有实现的事，有什么重要的：原则上拯救一切，这总是可以做到的——在头脑里想象着那些在现实中永远无法经历的事。（这个问题令人感动，或许也是被人感动的："你认为一个没有结婚的女人能过一种正常的生活吗？"我眼里的她极为睿智，这句话从她的嘴里说出来，每一个音节都让人听了热血澎湃！）

她告诉我，我自身的脆弱，我流过的眼泪，我的厌烦，都是有价值的。我是一个完整的人，因为我会思考我的生命，同时我又努力地活着。有了像今天白天的经历之后，我会在晚上更有力量，就像今晚，而也是经过今晚这样的全身充满力量的状态之后，到了明天我才能又变回那个脆弱又疯癫的人。我知道人总是会找回自己的，但即使知道，仍会完全地忘却，直至怀疑、痛苦、经历一切。

我需要一个人，像她那样理解一切，能因为我原本的样子（而不是尽管我是这样的）而尊重我，爱我。这是我需要的，这样我才能重新爱自己。

只是，我在展示自己的丰富的同时，她让我心里的一个渴望越来越热烈，那便是他会攫取这些丰富，但我也有了把自己的丰富带给他的勇气。她让我相信，我的许多想法都是很珍贵的（关于幸福——个人天赋——利用自己的必要性——获得解放），不仅仅因为她对我说的那些话，更因为我感受到她的灵魂与我产生了共鸣……更重要的是，她理解我的爱情的伟大——她是唯一的一个。

然而，今天我提不起精神来。我觉得真正称得上热烈的青春的时间太短了：六个月——其实现在我没什么束缚，可我被自己的欲望生生地捆绑了。什么都还没实现，可我再也不期待实现什么，再也不期盼可能会发生些什么……确实，有些时候，在这个客厅里，面对着亚里士多德的《政治学》，我心里不是期待，而是担忧，如纪德所说的，"等待降雨的大地"，我的内心在等待爱情……心里一片空洞，很可怕：如何熬过这三百六十五天，两年，甚至五十年……烦透了！只能与假期那段烦闷的时光比比（格里埃尔，《彩画集》）。做自己的愉悦已经无法满足我，尽管比去年做得好。我总是想要思考人生，想要活得热烈、活得精彩，浑身都充满着激情，甚至恐惧、希望，有时肩膀都压弯了。伟大的东西变得沉重，人们总想"按照一切事物于我们的温柔程度来贬低其价值"。太累了！哦！或者太累了！

我写下了……

索邦：今晚在一片闷闷不乐中还是有些许的快乐。这些窃窃私语，昏暗的光线，平缓、低沉的生命低语，都在抚慰着我的灵魂，一如那些一会儿要响起的话，离我那样遥远。

梦想在何处？生命在何处？雅克——莎莎——我——索邦——我——雅克——我……我迷失在这样的漩涡中。所有这些人，我都不会认识。

（为什么要那么小心翼翼地把自我的这些小碎片都拾起来？因为在这可怕的空洞里，留给我的只有些许对自己的好奇。我经历过危机，精神上的危机，很不可思议。这吸引了我，抚慰了我。）

这些年轻的女孩带给我很多宽慰，我已然很喜欢她们，而且我能够为她们做点什么。与她们聊聊哲学，她们颇有兴致。她们聪明、热情，也能判断出波尔多[1]没什么才华。当然，这只是最初的印象，并不正确。

加利克是对的，有很多与人接触的机会。

也正是因为感受到我自身的这种力量——哦！不是骄傲——我现在很开心。我在他之外找到了自身的意义。与莎莎的交谈让我有一种棋逢对手的骄傲。不过，我自己与任何一位认识的女孩都不同，因为我比她们更真诚，我比她们更痛苦。真的，很难想象，自十月初开始，我竟然忍受了那么巨大的痛苦。这种痛苦与去年的比起来没有任何新意、没有任何趣味，只是一种令人烦闷、令人窒息、令人低落的忧伤（但低落往往积聚一种力量，正如她告诉我的那样！）。

说到底，我所有的痛苦都是源自他的。尤其是有些回忆作为回忆而言，那么残酷，又那么甜蜜，只是作为回忆……不过这就是生活，或许以后会变为幸福。我接受！我接受！

---

[1] 亨利·波尔多（Henry Bordeaux，1870—1963），具有正统思想的作家。——原注

愚蠢就是这一点非常可怕，它可以与最深刻的智慧如出一辙。当愚蠢开口的时候，立马就把自己暴露了；而它隐藏起来，看似智慧的时候，则是它笑而不语的时候。

——瓦莱里·拉尔博[1]

十一月二十一日星期日

重新投入学习，这几天干了许多活儿。想起他的时候，很平静，很冷淡（身体上和情绪上的冷淡：没有流泪也没有感到焦灼）；如此缱绻的柔情，比如像昨晚，还有遗憾不能向他付出我所有的深情。听到他在旅行的消息，我很开心：他没有回来之前是无法来看我的。我就是这么信任他……

很有趣的发现：前天，我脑中冒出许许多多的想法，它们充斥着我的脑海，思考的热情重燃了。什么原因？因为跟一位热情的形而上学者聊过。这些思想本身，我并没有太大兴趣：思想对于钟情于思考的人来说至关重要，我必须通过这一重要性看到思想本身被赋予的美与伟大。而且，我认为思想上的孤独会让许多人痛苦，包括我。

在索邦大学，这些我永远无法触及的人总是惹恼我，并不是我给他们冠以什么神秘的名声，我也不想知道他们的秘密，而是我想好好学习，开拓自己的眼界，增长知识，摆脱自我的局限，啊！摆脱自我的局限——摆脱所有带着过多我的印记的东西。与《思想》[2]杂志主编讨论了一刻钟，这是一次带给我十足愉悦的谈话。

---

① 出自《费米娜·马凯》(1911)。——原注
② "哲学"小组的杂志，这个小组的成员包括莫朗日、波利泽、弗里德曼、亨利·勒费弗尔。他们同时相信黑格尔、唯心主义和马克思主义，他们宣扬的是革命。波伏瓦这里提到的主编是指夏尔-亨利·巴比尔。——原注

我马上又想到这场谈话会给我带来什么……

我在学习资料里找到了几句漂亮的句子，这也是小小的快乐。啊！多么简单的快乐，"复杂的灵魂里最后的避风港"，我应该好好品味。

καλή ἡ ἀπάτη[①]

Fidelem si putaveris, facies[②]

Cum solitudinem faciunt, id pacem appellant[③]

还有这句关于我们友情的话："绝对的相互性，如意识的一致性"[④]。

今天上午，我完全陶醉了，我看到湛蓝的天空倒映在塞纳河里。空气很清新，心情也一样轻快。生活的节奏慢了，变容易了……

昨晚晚餐的时候那些形而上的焦虑再次让我变得魂不守舍——司空见惯的惊讶，面对既定，面对存在着的和也许可能不会存在的：其中有我，有不变的塞纳河的河岸。为什么有些东西是不变的呢？为什么我看到了，感受到了呢？这种文明，这些房屋，为什么就是这些而不是其他另一些呢？它们到底是什么样的？我到底是什么样的？我与它们之间是如何相适应的呢？哦！这是涉及感觉、理智、我们与世界关系的问题！真是荒谬，让人恼火的问题！

---

① 希腊文，美妙的欺骗。——原注
② 拉丁文，你若相信一个人是忠诚的，你会让他变得忠诚。——原注
③ 拉丁文，他们称自己营造的孤独为平静。语出塔西佗。——原注
④ 黑格尔的表述。——原注

在怎样的一种早已建立的和谐，怎样的机遇之下，我才会身处雷恩街的六楼，拿着一张纸？啊！我感觉像在别人的梦里——有这种可能，无限中有一点，不知这一点会在哪里，什么都不知道，什么都不明白。而后都坚信，会有一个易懂的、明确的答案，可两千年以来，人类绞尽脑汁还是找不到答案，就像是变戏法，手法很小儿科，可就是让人捉摸不透。

我感兴趣的并不是这一点，这点很稀松平常。我关注的是经历这些到底对我有多大的冲击，想着想着我差点被一个骑自行车的小男孩撞倒。

团队——按部就班，让我有片刻安静和惬意。

我没那么疲惫了，也不再抱着深深的绝望，却感觉平淡乏味。该好好思考。

我无法做到满怀热情地对生活听之任之，尽管我曾在香榭丽舍大街上尝到过这样做的甜头。这与我的本心实在相去甚远。而且，今年，我也不能在生活中为所欲为。我应该经受生活中的一切（但我接受并选择表面上看起来被动的态度）。

我今年经历的比去年多得多。

我曾一直沉浸在书本里，只经历过一些瞬间是难得的，强烈的，非常美好的，激动人心的。现在我不会再高强度地学习了。浪费时间，或是浪费我自己，这些想法都不会再困扰我。闲逛、做白日梦，在我眼里都无比珍贵。生活，除其内容，还有别的价值。无所事事，也是生活，也是经历。经历许多，有荒唐的时候，糟糕的时候，兴奋的时候，悲伤的时候，但起码，我经历了不少。

有一个原因，可以解释我为什么爱我自己，这也是唯一的一个原因：是完全缺乏人们所谓的常识，无法让行为符合外界随意规定的某项准则——怎么说呢——从存在这个词极为严肃的意义上说，只有我深刻感知到的东西对我来说才是存在的，其他的都不存在——也就是说，说我纯粹依照冲动行事，这并不完全正确，我的行为是经过深思熟虑的，但我是在心里把一切都考虑清楚的，完完全全属于我自己的考虑，我就当作前人从未经历过，所有的情境、所有的情感都是第一次出现。这是极其深刻的，远远不是简单对一切约定俗成的蔑视，而是一种只为必要而生存的需求。

　　我的生活，独属于我的生活多么美好、新颖、真诚、必要！

十一月二十四日星期三

　　烦！烦！

　　早上烧煤的味道，一样的巧克力装在一样的碗里，这样的日子都过了多久了？哦！醒来发现接下来又是漫长的一天，多难过啊。我甚至连承受痛苦的力气都没有，我厌倦了。我也讨厌这些分析，我厌烦我自己。这个自我，还有她的手足，都不再吸引我……去旅行，倒是会让我高兴。哦！我要去问问那些野蛮人，幸福的奥秘是什么！哲学，多么可笑，多么讽刺。康德，曼恩·德·比朗[①]，因果定律，都是荒谬的。书籍也让我厌烦。我还能依靠什么呢？依靠痛苦吗？难道我又要漫步街头，一遍遍复述着他给我的信吗？我不知道……他离我很远，很远。我逃离了他（他不在的这段时间），获得了自由，而一切都变得空洞……

　　我付出了一切。可这次，所有的付出都没有主人；我付出那么多，以至于当他离开的时候，我觉得自己完全被掏空了，这个自我从此只有在他身边才有意义……我无法继续生存。疯了，疯了。我

---

① 曼恩·德·比朗 (Maine de Biran, 1766—1824)，法国哲学家。

曾立誓，一定要永远保持自我。

太可怕了，我再也没有任何追求完美、追求有用的欲望，太可怕了，我竟然试着给自己的生命按下暂停键，等待他的到来，来重启我的生命。除了他，我别无所求——此时此刻，我对他没有爱，没有温情，我会再见到他吗？何时？

我烦透了！这空洞竟没有让我头晕目眩……这灰色，这黯淡，所有我未经历的时刻，我想要从中逃脱。

昨晚我读了塞居尔夫人。

要是我只能告诉自己，这样的痛苦是他带给我的，该多好，但全然不是。我的厌烦与他无关。相反地，他日后可能会成为一种慰藉，只有他的慰藉才能阻止我从厌烦走向绝望。若我对明天没有期待，而厌烦将充斥我整个的未来，那么又会怎么样呢？想想都让人反胃，甚至不是让人反胃，是索然无味。

和上周不同，我并不感到非常疲惫。什么都没有，这就是虚无。我从未如此低落过。哦！要是有一个地方，我确保不会与自我相遇，那该有多好！从自我中走出来……我失去了所有的精神力量，一无所有，只想要摆脱这种庸俗的烦恼，不计一切代价。因为这种烦恼是庸俗的，我的内心是庸俗的，我的痛苦、一切的一切都是庸俗的。

我若是年轻男子，一定会结婚。

我试着让自己流泪，让显露出来的悲伤充分地释放，我感觉这份悲伤是存在的，有危险的，也是唯一可能的消遣。哦！我哭得太多，头昏脑涨！不，我要开始做希腊语的翻译了。

连我自己都不同情这个自我，连我自己对这个自我也漠不关心。我怀念最后的避风港，最后的这段友情，我以为永远都可以依靠的友情，怎么办？……我在大街上与所有可能的存在擦肩而过。

这会持续很长时间吗?

　　哦! 我烦透了!

夜晚

　　我把今天和整个未来牢牢地抓在手里,我陶醉其中;陶醉的时候,偌大的幸福突然出现了。如果这就是人们所谓的幸福,那么没有什么是比让生活变得幸福更好的做法了。

　　在重又出现的更美的梦境中,有红色的天空,半透明黄色的空气。巴黎圣母院也屹立其中,还有为我创作的漂亮女孩的雕像。"从此,我再也无法经历生命的这一刻。"我曾这样说。用这样的方式把生命抓在手里,那独一无二的生命,让我有点飘飘然。

　　大教堂里一片漆黑,脸上的泪痕别人也看不见。紫色的大窗户,钟楼的声响,是遥远又让人欢喜的装饰:我惊叹自己竟身处这里。谁,我吗? 哪里,这里吗? 在哪个神奇的国度,在哪个不真实的时刻,所有的钟都不能敲响?

　　短短的半个小时,我因为幸福而痛哭不止,那样无边的幸福,要呼唤它,甚至用一生的时间都不够——到最后,我已经不知道这到底是真的快乐,还是兴奋,抑或是悲伤。这就是幸福:莫名流下的眼泪,窥见到整个生命的紧闭的双眼,在供人跪拜的教堂里开出的不可名状的花。而后告诉自己:这就是属于我的生活,这些就是降临到我身上的事,太美好了,太美好了! 但都是真的。哦! 我惊叹不已,我十八岁,竟那么强烈地感受到快乐,又依稀看到一个可能的未来——确定的未来,未来辉煌到让我眩晕。简直就是生存的奇迹!

　　圣热娜薇耶芙图书馆借来的这本书太让人灰心了,我本想读一读来缓解自己的烦闷,可它借由一种令人难以忍受的厌烦,让我突然燃起了希望,并为之战栗——因为他不是这样的——因为我的生活，无论发生什么，以后都不会变成那样。在一阵头晕目眩中，我看到了自己的生活未来会变成什么样（会不会变成那样，不重要。我只要有这样的信心，不管发生什么都保有这样的信心就够了，即便当我拒绝相信的时候）。我的生活将会变得多么美好！如此美好定将会实现，可我怎么配得上窥见到这样的未来呢？为什么在所有的年轻女孩中，我被挑中拥有这样的青春？幸福怎么会恰好敲响了我的门呢？

我知道，我知道这是好事。

我看到我和他，作出最后的承诺之后，肩并肩地坐在一起。我看到我们站在生活的入口处，向对方讨要唯一能给的幸福。我看到我们在如此重大的责任面前心惊胆战。我们看到我们激动焦灼，感动落泪。在我的整个存在里，我战栗不已。我知道这是好事。

我们放下了所有的纠结，在最为庄严的时刻，变得单纯、严肃。我们望着彼此，犹如面对着陌生人。唯有我们之间伟大的友情才能助我们之间过于沉重的爱情以一臂之力……哦！都是幻想……

我知道自己只是无数种可能中的其中一种。但我同样知道，再也不会有人像我这样爱你。对此，我深信不疑。我不会给你所有，唉！但我给予你的，却是其他任何人都不会给予你的……我知道没有你，我的生命不再有意义；而有你在身边，我的生命只需要以它应该存在的方式存在着就可以。我没什么其他可期待的。而我就是为此而生的，为成为你的妻子而生。（我敢写这个词，不害怕明天会发生什么，不害怕他的怀疑，我不再满足于单单抽象地勾勒我们之间的结合，而我在你身上看到了我自己，啊！……）

　　她哭，傻瓜，因为她已经历过了！
　　因为她还活着！但她哀叹的，

是那明天，唉！明天还得继续活着！
明天！后天！永远，像我们一样。①

如果我活了千年，我不会记得任何事！②

您在遥远的天堂，充满芬芳……
……但简单的爱构筑的绿色天堂……

……无知的天堂充满短暂的欢愉
是不是比印度或者中国还要遥远？
能用哀怨的呼喊唤回它
用银铃般的声音赋予它活力
无知的天堂充满短暂的欢愉？③

——波德莱尔《恶之花》

十一月二十七日星期六

　　星期四，我在索邦大学借了一本斯宾诺莎的书。半阴半晴的日子里，我的思绪已经跑到了文本之外，回到了一个月以前，和他在一起的时候——隐约落泪了，因为这件沉重的、沉重的事，它或许不是一种痛苦，但如此重大，让人心碎……因欢乐或因悲伤，他不知道——图书馆里闷热，让人不舒服，临近傍晚，学生们都有些烦

---

① 《恶之花》中的《面具》。——原注
② 《忧郁》LXXVI。——原注
③ 《苦闷和流浪》。——原注

躁，窃窃私语……我不可抗拒地想要读一读波德莱尔，带我回想一下那些在科特雷旅店房间里度过的同样令人窒息的夜晚。这位诗人，他深深地走进了我的心里，特别在那些灰暗的日子里，当我一个字都读不下去的时候……没有任何一个星期四与我的心贴得那么近，因为他那毫无缘由的极度的沉郁，更因为他的诗句有着令人悲伤的韵律，一种催泪的、心碎的，同时又能勾起情欲的韵律，我抑制不住地落泪，这样的韵律让我的眼泪变得更加苦涩，却慢慢地、慢慢地抚慰了我……

哦!《阳台》《邀游》《黄昏的和谐》。

> 您是明朗的秋日天空……
> 献给最亲爱的人，
> 献给最美丽的人
> ……①

早晨，重新读莎莎的这些信，有一些孩子气的情绪。哦! 有个想法萦绕着我，从此我读到她的文字时再也不会有这样的情绪了，再也不会。那是我十五岁时的欣赏、不安、担忧! 我傻傻地对着抽屉哭泣。我越来越发现，我正在埋葬所有的过去:"我有更多的回忆……"

时间过得真快! 我看到的只是两年前的自己，那时未来对我来说，还是无穷尽的，在模糊的远方……而曾经的未来已经到来了! 以前想到朋友们的婚礼时，我对自己说:"这告诉我，我已经老了……"我通过自己更加感受到了这一点。我曾想象着，我十六岁的时候也会是相同的样子，可一切都改变了!

---

① 《倾谈》与《赞歌》。——原注

倘若有人提前告诉我会与雅克有这样亲密的关系，或是我会读这些书，我会有类似的想法，我一定不会愿意相信……我记得我以前总说：不可能会有人这样写，这样说，这样想，所有源于习以为常的下意识的东西在我看来都是不可能的，而如今……

星期四读完波德莱尔之后，我漫步在塞纳河的河岸边，口中不断重复着这些悲伤的诗句。塞纳河便是一个真正的黑洞，那么平静，那么单调，那么诱人。我明白了何为人们所说的死水……我呼唤他，带着绝望，那个我以为离我很遥远的他，而想到一个小时之后，我还是很惊讶! ……泪水马上会干，暴风雨也马上会平息……

昨日，我已经屈服了，不再有欲望。而晚上的他竟然如此爽直单纯。我再也没有理由去怀疑，一切都是自然而然的，很简单，却又很感人。而今，如果一种快乐不想成为我的负担，便不会上升成幸福。有了这样的信念，情感上的平衡，让人很舒心，很轻松。明天，我想我还是会不安，但至少有了令人安心的信念……

那些影射我的信的内容，半调侃半认真的……他用最平实的话语显露了所有的深情。写到朱尔·勒迈特[1]，他用了很漂亮的一句话，"有人这样想真让人喜欢"，傅尼耶却一直把勒迈特当蠢人。这种感觉跟我给他读傅尼耶和里维埃时的很相像。

然而，回望的时候，那漫长的一个月里所经历的焦虑、爱和甜蜜还是流露得太少了。无论做什么，现在对过去来说从来都不重要。我昨日那可怜的灵魂已经被剥夺了所有的快乐。

我只在今天说这样的话——撒谎的意思是指说话的时候，说的跟想的相反，但是，若你说的与自己想说和尚未说出口的相反，是不是也可以认为是向对方撒谎呢? 困扰我的是，所有瞬间都具有同

---

① 朱尔·勒迈特 (Jules Lemaître, 1853—1914)，文学专栏编辑，戏剧评论家，属极右派。——原注

等的价值，只能表达我存在的某一个瞬间，是随意地切下我内心的一部分，是把始终自我矛盾的东西看成是稳定的——然后想到，也许正是前一天的想法最符合对方今天的想法。常常是前一天的想法，我们特别渴望让别人知道，反而不太想把当下的想法说出来（和默西尔小姐在一起体会到的）。

我总是感觉别人所看到的我的生活与我真正过的生活是完全不同的！这种感觉因为雅克而加剧了，人前的雅克与人后的雅克完全不同。但现在我已经不会（几乎不会）为此痛苦了，因为我再也不需要靠近他隐秘的自我。我已经抵达了，我只需要确定他在那里，他活着，只需要看着他，然后知道……

我一直认为别人对我的好感是一种虚幻的感觉，我担心会被我的笨拙击垮。现在我体会到了一种美妙的安全感，一种自由，一种前所未有的轻松。我内心的东西，我怎么做，怎么说都可以，他爱的是我，而不是我装成的某个完美的人。儿时，我便不会强迫莎莎接受我，我曾为了变成我所以为的她认为我该有的样子而痛苦不堪。爱情中也会出现这样的情况，但这是很可悲的。当然，一开始，为了不让对方在通往自己内心曲折的道路上迷失了方向，必须抓着对方的手，小心翼翼地给他指路，不能让他灰心。而一旦他抵达了你的内心，接受了你，那么你只要真心实意地做你自己就可以了。

十一月二十八日星期日

重读这些信，总有些忧伤，心里又期待着很快能快乐起来，读着《奇迹》①中的诗句，我的双眼湿润了：

---

① 阿兰-傅尼耶的文集，收录诗和散文。——原注

往常的太阳伴着我的午后

哀悼爱情，哀悼童年的人

沉重得不发一声。

这些都是由来已久的表达爱的句子，但生活让我不再相信它们。神甫、勒热纳小姐、伊莎贝尔·加尔捷（还有玛格丽特·德·文德尔，我曾像小女孩般地崇拜她），雅克琳娜①……感觉这些都很遥远了。我今天读着莎莎的这些信，感受很深，不管怎样，我心头还是有很多疑虑，让我很难过……

感觉似乎这些都很遥远……所有的一切都被你代替，你写的两行字，今天重读的时候，我的心深深地被打动了，而原先读的时候我竟完全没有感觉！

十一月二十九日星期一

让我先把愤怒喊出来！见到莎莎的一幕，这原本是一件多么必要又美好的事！我们在和亨丽埃特聊天的时候，她应该过来，她不应该抛下我们！我梦想着一种生活，身边只有我爱的人，充满着简单的快乐，夹杂着复杂的情感，远离牢骚、约定俗成、毫无意义的作秀和假惺惺的话语……她向父亲抱怨，向拉库万夫人、向任何一个人抱怨。我不应该写这个，但她今晚实在是太反常了。

不管了。我回到属于我自己的生活。

昨日，莎莎还离我很近，我们在客厅里低声地谈论着傅尼耶和

① 此处指德西尔学校的哲学老师特雷库尔神甫、高级班的主任勒热纳小姐（均在《一个规矩女孩的回忆》中提到过）。伊莎贝尔·加尔捷、雅克琳娜·布瓦涅和玛格丽特·文德尔是波伏瓦在德西尔学校的同学。——原注

里维埃，想起了许多童年时的往事。还有共撑一把伞，我跟她聊起了雅克，而那时的她完全不顾社会规约，她是那么懂我……我的朋友……

克洛第给我开了门，整整四十五分钟，我告诉雅克我有多烦恼，我们脸上嬉笑着，心里却很清楚这是很严重的事情。马塞尔·阿尔兰也和我们一起坐在沙发上。我很喜欢听雅克读书。而更重要的是他对我说了这句话，关于他的小说的："这基本是为了你，我才写的……"

夏尔阿姨，我们都不喜欢她，但我们之间因此形成的美妙的共谋让我们乐此不疲，特别是她高兴地祝贺雅克的时候，雅克说大家应该称赞我的冷静和勇敢的时候。这种感觉犹如他紧紧地握住了我的手。让·德布里不太碰到，但我很喜欢他，因为他直截了当地指出别人的不当，看起来似乎和大家没什么不同，但我知道他跟任何人都不一样。原本想起这些，会让人伤感，但我想到的时候，满满的都是甜蜜……

而后在饭馆①的一晚上，很可怕，两个人的深情相遇了，很沉重……爱得那么深，我很痛苦。我的朋友，这份深情，我本想把它全部都交付给你，我肩负着它，实在是太沉重了！而你的那份深情，我感觉是那么无穷无尽，你只让我隐约看见。我几乎是焦急地等待着，有朝一日，我能摆脱这份爱。可能做到吗？难道这就是爱的美妙，一种不能言说的美吗？只要自己知道就好。我知道，心里暖暖的："这基本是为了你，我才写的……"

我躺在床上，泪流不止，因为这样的爱不能说出口，却又感受那么深——和宝贝蛋聊过。我害怕……如今我能走的只有一条路；

---

① 一顿在饭馆里吃的晚餐，有雅克、雅克的父母、西蒙娜还有她的父母。——原注

若是我走了，美好的事情会实现；若不走，我的生命就被活生生切断了。倘若雅克死了，我可能不会自杀，但我也不会活着。而更可怕的是，我原本还有其他路可以走，不会把我带到像现在我选的这条路那么远的地方，可最终会把我引到……这些路再也不会为我重新开启。如果不能如我所愿，我将无法享受任何好的东西。我很焦虑，身体上的和精神上的。

我极度不安，我无法再这么长时间地一个人待着。午饭后我躲到了莎莎家里。怎么说呢？怎么说呢，我落泪的时候，她温柔地安慰我，说起雅克的时候又是那么有分寸，她单纯、体贴、完全懂我。我很开心，能敞开心扉，毫无保留地诉说一切，我们俩似乎与外面的世界隔绝开了，倾吐着对彼此的感情。莎莎……

从讷伊回来的路上，下起了雨，我走在雨中，内心充斥着一种难以名状的温暖，这种温暖填满了我沉重的内心（沉重这个词太适合今晚了）。我们之间的友谊是如此的美好，如此伟大，如此不可或缺！所以，雅克你在这样灰暗的日子也想着我，但这样的日子，我总是很容易生出怀疑！你为我写了这部小说……你会继续写……你爱我……所以莎莎，我可以告诉你我所有的秘密。太好了。可想到你不能一直在我身边，不能跟你诉说、听你诉说我们内心所有的感情，我有多绝望……生活在一起，生活在一起吧！若是莎莎也这么想，我也这么想，我们对彼此的感情是互相的，那么生活该有多么美好啊！我想让雅克和莎莎认识，她已经那么喜欢雅克了。

好了！刚才，因为离得那么远，不能诉说，很痛苦，现在离得那么近，都知道了，又是无比的开心……我也很清楚，我不能嫉妒雅克与其他人建立的友情，因为我对他的友情也只有在我的爱情的照耀下才会如此深厚。"这基本是为了你，我才写的……"

我也知道莎莎有多么爱我。

今晚是一个让人平静、暖心的夜晚。很快，我便会再见到他们。对他们，我没什么可怕的，未来一定是美好的。现在已是完满得不可思议了。考试不及格，我也无所谓。我认为我很幸福。

十一月三十日星期二

在阴雨蒙蒙的清晨胡思乱想，是一件很惬意的事，在宁静、幸福、温暖中带着些许担忧、渴望和遗憾。内心出现了这样一幅景象，崭新的，那么美好，让人爱不释手：里面有莎莎的微笑和雅克的眼神（宝贝蛋也在其中）。

十一月给我带来很多。喜欢的书：这本傅尼耶和里维埃的《书信集》。默西尔小姐。无比贴近我的莎莎。还有期待中的雅克，和宝贝蛋。

特别是我回想到：我一个人坐在书桌前看书，投入，兴奋。在默西尔小姐昏暗的办公室里，我们交谈，难掩对彼此的欣赏。星期日和昨天下午，我都跟莎莎在一起。星期日去了雅克家。还有：跟宝贝蛋天南地北地聊天。有一晚是跟玛丽-路易丝·莱韦克在一起。还有些晚上去了团队，大家相处得也很愉快。而更重要的是：布瓦大道上，一束太阳光照在我满是泪痕的脸上，秋日里总是阴雨绵绵。塞纳河的岸边，我总站在那里啜泣，在那里试着承受，在那里变得疯癫。因为焦灼、痛苦，走在路上的步子也轻飘飘的，不能自已。走到幽暗的圣母院的时候，感到无比幸福。

这个月的故事，都是些重大又沉重的事，我出奇的疲惫，难以想象的消沉，失去理性判断的能力，失去了骄傲，失去了一切——有些时候是有信心的，有些时候又很烦躁，甚至说不上是痛苦、空虚、灰暗、厌倦。默西尔小姐给了我些许勇气。结局来得很快，很美好：雅克再次来到我身边，还有莎莎，这让人目眩的幸福……

我会到怎样的地步呢？我知道我对他来说很重要，他一个人的时候也会想我——我不再羞于启齿——他，就是我最重要的爱情。如今，我这样说的时候已经不会过于不安了。我不再担心他会限制我的生活。我不会总是想着那些困难。就是简简单单的一场爱，两个选定的人之间，做一些需要动脑筋、简单的事，不会过多地考虑道德的和社会的约束，轻轻松松、安安静静的，彼此的爱非常热烈、非常令人安心，真的，我所希望也不外乎这样。我不再想象有多艰难。我们拥有的那些独一无二的东西，既可以用来制造快乐，也可以用来制造痛苦……我已经有些厌倦总是在挣扎，总是在流泪。我相信，现在幸福的确不会再对我产生不好的影响。

莎莎确确实实是我的朋友，我私底下已经把她放进了我对未来的梦想中，我希望她得到幸福。自从她总是离我这么遥远之后，我对她的感情就变得更深了。我抛却了羞涩，完全推心置腹，我们俩真的很开心。团队对我的意义不大，但我很喜欢这些年轻女孩子，比我一开始想的要聪明。

我的内心也放松了，这里装满了痛苦或是甜蜜的想象；有些时候是灰暗的、枯燥的，但更多的时候是充满力量的，重新振作的。此时此刻，我想是有史以来第一次，我不再想着去确认自己的力量，而只想着我是被深深爱着……这让我感动，让我不安，有时甚至带给我压力，但同时——如今天——又带给我快乐，美妙而又无限的幸福。因为这犹如一种长久以来期待的回报，而自己也是值得拥有的。这让我经历的所有痛苦都有了理由，赋予我的生命、我自己、我整个的自我以意义，因为正是整个的这个自我，被别人爱着，连同我的弱点，我的纠结……我不知道，不止这些。这让我感觉无比的舒心，我看到了成为我的用处，我似乎什么都没有失去……他们的爱甚至延伸到连他们自己都不知道的地方……

宝贝蛋信任我，崇拜我，默西尔小姐那么懂我，尊重我，还有一些其他人，即使我不太熟悉，付出的感情也不多，但是我帮助过的（团队的人，在讷伊的人）、我能与他们感同身受的。我是莎莎唯一的朋友：我们之间有贴心、有共情、有对彼此的爱……

雅克……或许是将来的事；我的一个梦，一种支撑，或许也是一份爱情。"这基本是为了你，我才写的……"啊！没错！他爱我……

那么甜蜜，那么伤心……因为充满希望而甜蜜，因为他不在身边而伤心，这就是幸福的味道，一种不太沉重，却强烈而又重大的幸福……

十二月会怎么样呢？我想到的是：我的内心完全绽放，与今年假期里期待的全然不同的东西。我曾想给情感留出一个有限的但明确的位置。而现在它占满了我的整个心。我经历回忆，希望，爱情……这些都是生命中最美的东西。

> 这里，在我面前，有灯，有纸。
> 而我身后是麻烦的一天
> 发生在我身上，
> 循着我百转千回、千回百百转的思绪……
> ……现在，面对着这张纸，
> 现在，在家里，
> 我还是在我的内心，我在那里窒息。
> 我已经厌倦了内心的搔首弄姿！

没有任何希望，在生命中航行
还是值得的。
因为有阳光灿烂的时刻
那时的感觉真的很好。
你会知道你是幸福的吗？
要是你的幸福持续一个多小时。

我想吐出我的一天！
我的嘴里有它的馊味道
我的胸膛受到了侮辱
被它不得不忍受的寡淡空气侮辱。
在我今天的所有行为中
都是我的日常行为
我无法把爱放入其中……

就在这时，他努力着，如努力地活着一般。
想尽所能地了解更多的人，
想慢慢地一个一个了解他们，
留下来，与每个人交谈，
在他们还是他们的时候，在他们孤独的时候……
……
他的幸福是拥有
与他们的相同之处
暗暗地想起某一个时刻
却是被快乐无限延长了的时刻

他们可以这样度过许多个夜晚。

我走进这个时刻，记忆
突然开始的时刻
让这颗心受一点挫折，爱着他们的心
看着他们的心，拥抱他们的心
害怕失去他们的心。
……
这就是为何走出了我的记忆
而蜷缩在我身边
不久前我也是少年，和他们一样
更久一些我也曾是孩子，和他们一样
一个接一个；年老的最先。
我和他们每个人都单独相处了很长时间，
看着他，和他说话，
寻找他的声音，寻找他的眼睛。
在我身上重新找到他。
……
我不想丢下他们，即使是最困倦的那个
像死去一般，黑夜里，落在后面。
但愿不要再有死亡，哦，记忆，
若有一个幸存者该多好！

让我们一起走，永远不被削弱，
而是变得强大，因为明天将发生的一切；

如若一个人停下里，离开我们，

我发誓一定克服万难把他带回来……

——维德拉克《爱之书》[①]

但让我们记住生命的意义。除了为自己辩解一分钟，我们
还能向生命要求更多吗？

——皮埃尔·德里厄·拉罗谢尔《询问》[②]

十二月二日星期四

我很喜欢维德拉克的这些诗，我是在周二晚上一堂无聊的哲学
课上读的，读起来不难，用一种平实的、略带羞涩的语言传达了人
人会经历的或细腻或粗糙的情绪。

这些作品的名字都取得很好听，《忧伤》《另类景象》《观赏》
《回来时》《友情》，特别是《和我自己在一起》《辉煌》。我读了
《思想》。某个叫莫朗日的人，写了两篇文章，格外的好——我读
了纪德的《自由的树叶》《新评论》《三十日手记》《如果种子不
死》[③]。可我对文学再也没这么热衷了。在《询问》中，有一句话
写得真好，我已经摘录下来。

星期二的晚上，真是不可思议——我面前摊开着我的斯宾诺
莎，我在母亲和亨丽埃特的眼皮底下，她们丝毫没有怀疑，而我的
脑中全是对爱情忧郁而又热烈的幻想！我的身边有莎莎和雅克，还

---

① 夏尔·维德拉克 (Charles Vildrac, 1882—1971)，诗人、戏剧家。《爱之书》发表于
  1910 年。——原注
② 皮埃尔·德里厄·拉罗谢尔 (Pierre Drieu La Rochelle, 1893—1945)，法国小说家、
  政治论文作家。《询问》是他的一部诗集，发表于 1917 年。
③ 这些作品均发表于 1920 年至 1924 年间。——原注

有很好的朋友，里维埃和傅尼耶……莫里亚克也来了，孔伯马勒夫人，一些被伤害的人、抱着幻想的人……而我离他们那么远，待在一个非常美好、非常亲近、非常模糊的世界里，由享乐和泪水组成。如何才能找到它……还有童年时的回忆：我们四个在书房里度过的一个个夜晚，大家在一起那么有爱。雅克穿着制服，在斯塔尼斯拉斯中学，他在我眼里如此高大，而有一天，我们一起去买东西，站在地铁的站台上，父亲与我的心如此贴近，和雅克在一起多么快乐……都很遥远。

我没想到自己竟然这么会做梦。昨日，我还可以一门心思地想着，我再也没有任何欲望。我经历了生活的这另外一面，这正是《大个子莫林》里描述的。哦！要是能一直待在这个欢乐的王国里该有多好……无所事事会带给我一种快感，甚至是不可或缺的，因为这样的话，这些时刻会比其他的时刻更充实，更富有生命的意义……

今天上午，在卢森堡公园，我微微感受到了冬日的寒冷和清明。我的灵魂拨开浓雾，重又见到了我们友情伊始的时候，看得那么清晰，让我惊叹，那个时候，我正在纠结该如何向他坦露心底的秘密……哦！我的手在手笼里缩成一团，当我穿过这些见证了我心碎时分的花园的时候，我真的感觉很虚幻，很幸福……之后，我专心学习，今天下午也是。比起在回忆和欲望中游荡、历险，或许还是继续我日常的、实际的生活更有意义……也许是这样。可我一旦可以不想他，一切会变得黯然失色。

而昨晚我破例了，那些女孩的笑容、友情纠正了我，让我不再沉溺于自己的那些胡思乱想里。我真的很喜欢她们，我们之间有一种充满活力与欢乐的共鸣……

但是，我们相隔的这遥远的距离，还是让我难过。见到他，见到他……何时？我有太多话想对他说……

坐在图书馆里，看着别人傻傻的伙伴情谊，我多么骄傲，为我的爱情，为我自己，为他，为我们……我们是不同的；我们付出爱的方式也是不同的……我很清楚我从未遇到，我甚至从未想象过我会经历这样的事……

莎莎来图书馆找我，我们一起在塞纳河畔散步。

所有这些与生命相关的问题都让爱情变得痛苦、不安。我想着，甚至今天都在想，爱情带走了整个生命……总之，我牺牲了所有的欲望。我再也不渴求任何东西，不渴求任何的个人建树，只是跟他相关的一点：只要我们能相爱。

　　黑暗降临，她啜泣着，隐约明白了，所有有情感的人的生活都是一件令人享受又伤心的事。①

哦！我的生命，多么令人享受，又令人伤心！

手记第二卷完

---

① 巴雷斯，《蓓蕾尼斯的花园》。——原注